잘못 읽어왔던
한국시 다시 읽기

잘못 읽어왔던
한국시 다시 읽기

초판1쇄 2021년 09월 01일

지은이: 손필영
펴낸이: 조재형
편 집: 이동주
펴낸곳: 빗방울화석

등 록: 제300-2006-188호 (2004. 12. 13)
주 소: 경기도 파주시 교하읍 문발리 파주출판도시 535-7
전 화: 010-3757-5927
이메일: kailas64@hanmail.net

ISBN 979-11-89522-02-5 03810
정 가 13,000원

잘못 읽어왔던
한국시 다시 읽기

손필영 지음

왜 출간하는가?

수업을 할 때 학부 학생들은 사랑을 소재로 하는 시나 유행하는 시를 다루기를 원했다. 그럴 때마다 좋아하는 시는 혼자서도 인터넷을 보면서 얼마든지 즐길 수 있는데 굳이 시험을 보면서까지 접할 필요는 없을 것 같다고 말하면서 시를 통해 정서적 균형감각을 가져보자고 제안했다. 내 얘기가 지나친 것일 수도 있을 것이다. 사랑시를 무시해서도 아니고 요즘 유행하는 시를 무시해서도 아니다. 나는 시를 통해 좀 더 진지한 얘기를 하고 싶다. 삶에 대해서. 가슴 깊은 곳에 있는 감정을 언어로 표현하는 아름다움의 완결성에 대해. 이는 문창대학원 수업에서도 자주 했던 말이다. 문창대학원에 입학하는 시 전공 학생들은 대부분 등단한 시인들이다. 대학원 진학에는 다양한 동기가 있겠으나 솔직한 시인 학생들은 자신의 시세계가 답답해서 다른 세계를 맞이하고 싶다고 했다. 시로 졸업논문을 쓰려면 당연히 다른 정신을 맞이해야 했을 것이다.

시대가 바뀌더라도 시는 사람의 마음을 표현하고 정서적으로 다가가려는 데 존재 목적이 있다. 지구에 사람이 살아 있는 한 모든 인간은 언제나 태어나서 사랑하고 삶의 아픔에 고통받다 사랑하는 사람과의 이별을 경험하고 자신도 죽음을 맞이할 것이다. 시는 삶을 더 절실하게 느끼게도 하고 위로를 할 수도 있다

컴퓨터로 많은 것을 할 수 있는 시대가 되었다. 그러나 컴퓨터가 시를 쓸 수는 없다. 컴퓨터는 지적인 측면에서는 인간을 능가할 수 있겠지만 수치화될 수 없는 삶의 미묘한 흔들림과 정서적 갈등은 알 수는 없을 것이다.

이 땅에 지금과 같은 시적 형식으로 보편화된 자유시의 형성 과정을 다시 보고 싶었다. 무엇보다 시사를 대표하는 시들 중에는 시의 내적 구조와는 별개로 읽고 시의 내용과 다르게 습관적으로 읽어온 경우가 많다. 한마디로 정형화된 문학 교육에 의해 시를 잘못 읽어왔던 결과이다. 시는 읽는 사람의 자유로운 감상이 가능하다지만 그 자체의 내용이 분명하게 드러나 있다.

시인들의 대표작품들이 지닌 고유한 깊이를 시에만 집중하여 반추하고 싶었다. 무엇도 대신할 수 없는 시적 떨림에 잠시 머물기를 바라는 마음이다.

2021년 9월

차례

1

김우진

한시에서 자유시로

시를 쓰는 사람은 무엇을 쓰고자 하는 욕망에서 출발하지만, 그 내용을 가장 적절하게 드러낼 표현방식을 찾는다. 내용이 형식을 찾아가기도 하고 만들어내기도 한다. 굳이 루카치를 인용하지 않아도 문학과 예술의 역사는 시대마다 맞이하는 위기를 새로운 형식에 담아내는 과정을 보여주는 것일 것이다.

정형적인 시가와 자유시가 다른 점은 율격과 리듬이라고 일반적으로 알고 있다. 구체적으로 한국시에 이러한 부분이 어떻게 드러나고 있는지 생각해보자. 갑오경장 이후 개화기라는 시간을 거쳐 경술국치를 당한 조선반도에서 글을 쓰고자 하는 사람치고 위기의식을 느끼지 않은 사람은 없었을 것이다. 이 시기에 발간된 인쇄 매체들을 보면 시대의 변화를 절감한 위기의식이 새로운 것을 향한 열망으로 드러난다. 혼란의 20세기를 지나 컴퓨터가 모든 것을 전달하고 조정하는 이 시대의 위기감과는 비교할 수는 없지만 또 다른 극단적 위기의식을

9

느낀 당대를 떠올려본다면 이 시대의 패러다임의 전환만큼이나 그 시대의 유교적 패러다임에서 에피스테메의 전환은 불안과 혼동을 동반할 수밖에 없었을 것이다.

일반적으로 개화기의 시가로 창가와 개화기 가사를 들고 있다. 그러나 서구문화의 유입과 기독교 전파의 영향으로 이러한 형식이 유행은 했지만 시가 가지고 있는 '개인의 세계에 대한 정서적 대응'이라는 특징을 담보하지는 못했다. 개화기 창가나 시가는 서구 문물에 대한 관심을 표명하고, 국가의 위기를 합심으로 극복하자고 권유했으므로 개인보다는 대사회적인 발언을 했던 것이다. 백 년 전, 이 혼란의 시대에도 여전히 개인은 세계에 대해 정서적으로 반응을 할 수밖에 없었고 《대한매일신보》, 《대한민보》 등의 당시 언론 매체를 통해 한시나 시조를 발표하며 정서를 드러냈다

세계에 대한 개인의 정서적 대응 장르인 시와 시조, 한시는 사물을 은유적으로나 풍자적으로 접근하여 화자의 정서를 비유적으로 드러낸다. 정형적 틀을 지닌 시조나 한시에서는 반복을 통해 형성된 자수율이나 리듬이 억양법을 통해 아이러니를 불러오기도 하지만 그 리듬을 파괴하여 의미를 극단적으로 몰고 가기에는 한계가 있다. 정형적인 틀을 가진 시는 소리의 위치나 음색으로 율격을 만든다. 시조는 자수나 음의 끊어읽기로 형식을 찾는다. 음위율이나 음성율에 비해 편안한 틀이지만 시조의 형식도 자유로운 표현을 제한한다. 서두에 제기한 것처럼 원론적으로 자유시와 정형적인 틀을 가진 시의 구분은 시의 음악적인 부분이다. 자유시는 형식적인 율격이 아닌 실제적으로 작용하는 리듬을 어떻게 내용과 유기적으로 결합시키느냐가 관건이다. 리듬을 통해 의미를 강화하거나 무화하거나 변형할 것인가가 자유시의 힘이기 때문이다. 따라서 20세기 초에 시조나 한시를 쓰던 사람들은 자연

스럽게 그 정형적 틀에서 벗어나 자신들의 정서나 정신의 극단을 표현하는 방법을 찾을 수밖에 없었을 것이다.

1887년에 태어나 1926년에 윤심덕과 같이 현해탄에 몸을 던진 극작가 김우진은 근대문학의 형성기에 깊이 생각해볼 만한 시인이기도 하다. 그는 1900년대 이후에 태어난 김소월, 이상화, 홍사용 등과 달리 1900년 이전에 태어난 최남선, 김억, 노자영 등과 같이 근대문학 출발의 장을 열기 위한 준비 세대이다. 김우진은 서른이라는 젊은 나이에 죽었기 때문에, 또 비평과 극을 발표했기 때문에 극작가로 알려져서 시인으로서는 생소할 것이다. 그러나 그는 일기 곳곳에 시인되기를 열망했고 실제로 40여 편의 시를 남겼다. 특히 비슷한 시기에 쓴 그의 한시와 시를 비교하면 당시 개인의 정서 표출의 열망은 그가 자유시를 지향할 수밖에 없었음을 드러낸다. 시대와 풍습과 개인적 열망과의 괴리와 갈등을 자유시를 통해 드러낼 수밖에 없었던 것이다.

이날 저녁에
너
흰 얼골
붉혀가며
붉은 적은 입
다물고
무엇을 생각하니.

얼굴 수구리고
쳐다보지도 못하며
웃어볼 생각도 업시

무엇을 축수(祝壽)하니

이날 저녁 이 자리 위에
같이 누어서
너와 나
같은 술 한마음으로
천년(千年) 만년(萬年) 축수하나
너와 나의
생각하는 것
같지 않다.

너와 나
아마
지낸 날 꿈 속에서
서로 만났을 터이나
이날 이 저녁
너와 나
같이 누어서
생각하는 것
같지 않다.

아 지낸 날에
나는
희생의 '쥬리아나'로
너를 몇 번이나

그려보았든고.
그러나 이날 밤
같은 자리에
같이 누어서
한마음으로
천년 만년 축수하며
뜨거웁게 입 맞추나
너와 나의
앉은 자리
만리 억리
떨어져 있어라

너와 나의
앞길......
동으로 서으로
끝없이 헛갈려 있어라.

첫날밤
이 같은 등불
아무리 있을지나
이 내 마음의 눈
밤같이 어둡다.

너의 부끄러움
나 아니 가졌으되

내 마음 속
상구(常久)히 어둡다.

　　　　　　　　　　　　　　- 〈첫날밤〉

　1916년에 결혼하던 날 밤을 배경으로 쓴 시이다. 1917년은 〈무정〉
을 통해 춘원이 자유연애를 구가하는 주인공을 그렸던 시기이다. 이
시를 보면 춘원은 당시의 젊은이들의 욕망을 소설로 드러냈다기보다
그 당시의 상황을 반영한 것이라고 볼 수 있다. 무엇보다 이 시에서
시인은 결혼의 대상으로 "희생의 쥬리아나"라는 여인을 이상형으로
꿈꾸었다는 것을 밝히면서 그렇지 않은 현실을 드러내고 있다. 그는
자신이 느끼는 절망감을 아무리 등불이 켜 있어도 마음의 눈이 밤같
이 어둡다고 상당히 구체적으로 표현하고 있다. 같은 자리에 있어도
앉은 자리가 천리만리나 만리억리나 떨어져 있다는 대비와 외적 상황
의 환한 등불과 내면 상황의 어두운 절망감을 당시 시조나 한시로는
표현이 불가능했을 리듬으로 드러내고 있다.
　구조적으로 1연에서 "너"라는 한 음절로 2행을 처리한 점이나, "흰
얼굴/ 붉혀가며"나 "붉은 적은 입/ 다물고/ 무엇을 생각하니"를 보면
시의 형식과 리듬을 인식하고 쓴 것을 알 수 있다. 각 연마다 사용된
종결어의 통일과 반복으로 형성된 리듬은 에너지를 축척했다가 마지막
연의 "어둡다"라는 종결어미를 강하게 부각시키면서 모든 것을 어둠 속
으로 몰아넣었다. 시를 통해서 드러내고자 하는 내용과 시의 형식이 유
기적으로 작용하고 있다. 구식 결혼에 대한 갈등으로 인해 빌생된 자연
발생적인 감정의 토로가 자연발생적인 형식을 불러왔다. 그러나 비슷
한 시기에 창작된 한시를 보면 감정의 토로가 자유롭지 않다.

防草萋萋日日新　動人歸思不勝春
薇居此居三千里　夜夢高堂謁老親

－『草亭集』卷之二

무성한 향기로운 풀 나날이 새로워지니
고향 갈 생각 일어 봄날을 어쩌지 못하겠네
고향은 여기서 삼천리 밖
밤 꿈에서나 고향집 늙은 아버님을 뵙네.

　김우진이 1917년 봄을 맞으면서 아버지께 보낸 시이다. 이 시가에
는 갈등이 없다. 그리움이라는 한 가지의 정서만을 담고 있다. 이로부
터 2년 뒤의 시를 보면 내적 갈등이 첨예화되면서 시인의 고통이 직
설적으로 드러난다.

　아 아버지여!
　기도할 것 무엇이며
　상념할 것 무엇이며
　흡수히 상상하며
　흡수히 생각하는 것
　까닭없이 눈물지듯
　저녁놀의 구름일 뿐입니까.

　지금 소자의 마음에는
　맹갱이의 눈빛이 빛나며
　소자의 마른 가슴 밑에

바라보고 힘주는
물결이 까닭없이 흘러갑니다.
아 지금 소자 안에
상념의 물결은 뛰놉니다.
순간에 힘차게 뛰놉니다.

어쩌면 그같이도 따뜻하게
나의 몸을 감처 안으면서도,
어쩌면 그리도
나의 가는 등불에 바람질 하십니까.
징상스럽게도 흰 이를
악물려
어찌나 외포의 침을
그같이 뱉어 주십니까

모든 지혜를 학대하려는
일광의 학살이야말로
다시 없이 밉지 않습니까.

아 생명은 떠다니는 부유
맑은 물 위에
언제든지 구할 수 있으니
한번 더럽히면
다시 오지 않는
생의 갈대 위에
침 뱉지 마십시오

나로부터 나왔으되
영구히 돌아오지 않는 것
마치 해그림자 잡으려는
헛됨을 본받지 마십시오.

소자의 눈에는
만물의 응시
죽엄같은 만물의 응시가 있을 뿐이외다.

아 그러나
값있게도 얹어 놓으신
상념의 선반 위에
욕구와 신뢰의 모판 위에
평화의 비를 가물게 마소서.

— 〈아버지께〉

편지글 어투로 시를 쓴 것이 신선하다. 단순한 정서적 토로 이상으
로 시상이 전개되어 있다. 또한 앞의 한시에서 보여주던 정서와 달리
내면의 갈등이 드러난다. 시인이 기도하고 상념할 것은 '충분히("흡수
히")' 상상하고 생각하는 것이다. 그것은 저녁놀의 구름같이 까닭 없
이 눈물짓는 애상적인 것이 아니라고 하고 있다. 시인은 자신의 마른
가슴에 물결이 흘러가고 있음을, 상념의 물결이 뛰놀고 있음을 고백한
다. 아버지는 아들인 자신을 따뜻하게 감싸 안아주면서도 마음의 등불
에는 바람질을 하고 '두려움("외포")'의 침을 뱉고 있다고 고통의 원인
을 토로한다. 그리고 하루살이 벌레처럼 물 위에 떠다니는 생명은 한

번 더럽히면 다시 오지 않는 생의 갈대와 같으니 침을 뱉지 마시라고 부탁한다. 부자의 관계를 '나로부터 나왔으나 영구히 돌아오지 않는 것'이라고, 아버지의 집착이 마치 해 그림자를 잡으려는 것과 같이 헛된 일이라고 이미지화하여 설득하고 있다. 아버지가 자신의 "몸"을 사랑하는 것처럼 내면을 알아주고 인정해주기를 원하는 바람과 아버지에 대한 갈등이 드러나 있다. 그러나 같은 시기의 한시를 보면 이 갈등 양상이 밖으로 드러나지는 않는다.

> 擔簦十載爲何功　對案沉吟思不窮
> 孝子淚中冬筍綠　義人心上鏑花紅
> 三校立言元異趣　五洲別族不同風
> 鴻毛泰嶽分輕重　眞正英雄在執中
>
> 　　　　　　　　　　　　　-『草亭集』卷之二

분주히 돌아다닌 10년에 무슨 공을 이루었는가?
책상에 마주하고 곰곰이 읊조리니 생각은 끝이 없네
효자의 눈물에 겨울에도 죽순이 푸르고
의인의 마음에 칼날에 꽃이 붉었다

삼교의 가르침은 원래부터 취지가 다르고
오대주의 여러 민족은 풍속이 다르네
홍모와 태산은 그 무거움이 다르니
진정한 영웅은 마음을 잘 잡는 데 있다

위의 시와 같은 해에 쓴 한시이다. 물론 아버지 김성규의 한시에

차운하여 쓴 것이므로 개인적인 감정을 자제했으리라 생각한다. 그러나 아버지에 대한 애정 표현을 하기 위해 '효자의 눈물 속에 겨울 죽순이 푸르고'라는 인용 고사(용사)의 대구로 마음의 칼을 갈아 붉은 꽃을 피울 뜻을 세우겠다고 다짐하고 있다. 푸른색과 붉은색은 대조를 이루면서, 동시에 용사의 '효자'와 마음의 칼이 부딪혀 붉은 불꽃을 지닌 '의인(뜻을 세운 사람)'을 대조적으로 씀으로 갈등을 드러낸다. 대구는 색체의 대비만 아니라 의미상으로도 갈등을 내포하나 밖으로 드러나지는 않는다. '의인(義人)'이라는 말은 '정의로운 사람'이라는 의미보다 '뜻을 세운 사람'으로 보는 것이 좋다. 뜻을 세운 시인의 마음에는 비장한 결심이 서려 있다고 볼 수 있다. 그리하여 다양한 문화와 풍토가 있는 세상에서 가장 가벼운 기러기 깃털부터 가장 크고 무거운 산이 있다는 것을 알기에 자신은 진정한 영웅처럼 마음의 중심을 잡아보겠다고 한다.

　이렇듯 김우진은 시가의 형식에 따라 정서적 대응의 정도를 달리써 내려가고 있다. 따라서 시인은 개인의 정서를 자연스럽게 표현하려는 욕망에서 자유시 형식을 취할 수밖에 없었을 것이다.

> 鳥弄晴雲翔絶壁　　魚翻落照躍淸灣
> 十年負笈成何事　　空使吾親老未閒
>
> 　　　　　　　　　　　－『草亭集』卷之二

> 새는 맑은 구름을 희롱하며 절벽에서 날고
> 물고기는 낙조에 비늘 번득이며 푸른 물에서 뛰노네
> 십년 동안 공부하며 무엇을 이루었나
> 공연히 어버이만 늙어서도 한가롭지 못하게 하였네

1922년 여름에 쓴 한시다. 앞부분은 시적 배경에 대한 묘사이고 뒷부분은 심정을 토로하고 있으나, 1919년 쓴 〈아버지께〉에서 드러난 아버지에 대한 안타까움이나, 아버지의 이중적 태도에 대한 원망이 보이지 않는다. 다만 스스로 자책하는 모습만 보인다. 그리고 자신 때문에 애쓰는 아버지에 대한 연민까지 드러난다. 한시에서는 시적 화자의 솔직한 감정이 드러나지 않는다. 이 두 시가를 동시에 볼 때 내용적으로 같은 사람의 것이라고 보기가 쉽지 않다. 이러한 차이는 어디에서 연유된 것인가? 물론 시인이 한시를 썼던 상황적 조건이 솔직할 수 없을 수도 있었겠지만 내면의 독백을 할 때는 한시의 형식을 취하지 않았다. 형식을 제거한 시가인 자유시가 내면의 솔직한 감정을 자연스럽게 표현하는 데 용이했기 때문이다. 나아가, 앞에서 언급한 것처럼 시인의 내면의 갈등을 드러내기에도 자유시가 적합했을 것이다. 김우진이 시인이 되려고 고백했던 일기를 보면 솔직하고 순직, 순수한 세계로의 열망이 드러난다. 솔직, 순수, 순직과 내면 지향의 고백은 현실과 보이지 않는 세계를 동시에 응시하고 있는 자아의 고백이다.

우리는 형식적 갈등 없이 내면의 갈등과 고백을 자유시라는 틀 속에서 자유롭게 드러내고 있다. 백 년 전 이 땅에 살았던 시인들의 숨결이 선택한 길을 따라. 그러나 지금 우리는 또 다른 선택을 해야 할 것이다. 거대한 패러다임의 전환이 우리를 위기로 몰고 있기 때문이다. 다시 백 년 뒤 이 땅의 시인들은 우리가 선택한 무엇에 기대어 시를 쓰게 될까?

2

김소월

천리만리나 가고도 싶은

봄이 왔다고 아파트 작은 마당, 거리 모퉁이, 산자락마다 연분홍으로 하얗게 올라와서 소란스럽게 피었다가 분분히 사라져가는 꽃잎들. 봄은 그렇게 정신없이 홀리면서 다가왔다 취하도록 몰려간다. 90여 년 전의 봄도 그랬을 것이다. 국권을 상실한 사람들은 봄 날씨에 맞춰 잎을 벌린 꽃들과는 달리 어지러울 정도로 마음과 육체가 분리되는 순간을 맞이했을 것이다. 그래서 이상화 시인은 〈빼앗긴 들에도 봄은 오는가〉라는 시에서 아름다운 봄날과 분리되는 시인의 정서와 정신을 노래했을 것이다.

신대철 시인은 1974년 당시 발표한 〈무인도를 위하여〉에서 봄이 와도 정치적인 억압이 계속되는 상황을 개나리꽃이 피지 않은 것을 보고 봄을 기다린다고 말함으로써 계절적 봄이 오더라도 진정한 봄을 기다리고 있음을 보여주고 있다.

시간이 흘러 이제 봄을 개념이나 상징이 아니라 자연 그 자체로 맞이하면서 한국인들은 봄꽃 하면 아마 진달래를 제일 먼저 떠올릴 것이다. 그래서일까? 우리나라 사람들이 가장 좋아하는 시도 김소월의 〈진달래꽃〉이다. 이른 봄에 야산이나 들에 여기저기 잎사귀보다 먼저 피는 투명한 붉은 꽃을 보면 아름답기도 하지만 어딘지 슬프고 처연한 기분이 드는 것이 이 글을 쓰는 필자에게만 해당되지는 않을 것이다. 어쩌다가 막 벌어지는 꽃봉오리가 삼월 하순 철 늦은 눈을 쓰고 있는 것을 볼 때 아픈 느낌이 드는 것도 마찬가지일 것이다. 이렇게 슬프고 아름다운 꽃인 진달래꽃을 통해 드러난 김소월의 사랑을 쫓아가보자.

나 보기가 역겨워
가실 때에는
말없이 고이 보내 드리오리다.

영변(寧邊)에 약산(藥山)
진달래꽃
아름 따다 가실 길에 뿌리오리다.

가시는 걸음걸음
놓인 그 꽃을
사뿐히 즈려 밟고 가시옵소서.

나 보기기 역겨워
가실 때에는
죽어도 아니 눈물 흘리오리다.

- 〈진달래꽃〉

일반적으로 시인 김소월의 한(恨)을 드러낸다는 〈진달래꽃〉 전문이다. 이별의 정한이나 슬픔을 말하기에 앞서 우선, "가실 때"나 "보내 드리오리다"를 통해 드러나는 시의 시제에 주목할 필요가 있다. 이는 미래에 일어날 일을 다루고 있는 것이다. "가실 때에는"에서 '~할(ㄹ) 때'는 미래 조건을 나타내기 때문이다. 그러므로 이 시는 님이 과거에 갔거나, 지금 현재 간다는 내용을 노래하고 있는 것이 아니다. 시에서 시적 대상과 화자에게는 아직 이별이 일어나지 않은 상태다. 이 시는 "만일 당신이 내가 역겨워져 떠나간다면 말없이 고이 보내주겠다"는 것으로 '역겨워진다면'이라는 조건이 선행되어 진행되고 있다. 달리 말하면 사랑하는 사람들이 처할 가장 비극적인 상태인 역겨운 상태를 가정한 것이라고 볼 수 있다. 이러한 가정은 시적 화자와 사랑의 대상과의 사이가 이러한 상태와 무관하기 때문에 가능한 것이다. 우리는 살아가면서 가족이나 사랑하는 사람들과 죽음이나 극단적인 상황을 조건적으로 다룰 때는 그 상황과 무관할 때, 혹은 편안할 때 이야기한다. 건강할 때 죽음을 이야기하지만 죽어가는 사람 앞에서 만약 당신이 죽는다면이라는 가정은 하지 않는다.

이와 같이 이 시의 상황은 두 사람이 이별과 무관할 때, 서로 전혀 역겹지 않을 때 가능한 것이다. 가장 사랑의 감정이 절정일 때 이런 비극적인 말을 주고받을 수 있다고 생각한다. 즉 시적 화자는 이별을 조건으로 사랑을 고백하고 있는 것이다. "내가 당신을 얼마나 사랑하냐면 당신이 나를 역겨워할 때에도 나는 화를 내거나 같이 역겨워하지 않고 당신을 말없이 고이 보내줄 정도로 사랑해요"라고 말하고 있는 것이다. 그리고 그냥 보내지 않고 "영변에 있는 아름다운 진달래꽃을 한아름 따다 뿌려 주겠어요. 그러면 당신은 즈려밟고 가세요" 나는 "정말로 울지 않겠어요"라고 사랑을 고백하고 있는 것은 아닌지?

이 시의 마지막 행에 "죽어도"는 '안 하겠다', '못하겠다'라는 부정어를 강조하는 부사어로 '정말로'나 '절대로'를 의미하는 것이다. 우리의 언어 습관상 "아니 눈물 흘리오리다"라는 동사구를 강조하는 부사어로 '죽어도'가 쓰인다는 것을 한국인이면 누구나 알고 있다. 그동안 '죽어도'를 장엄하게 해석함으로 너무 슬퍼서 차마 울 수 없다는 비극의 극치로 보아온 것은 우리 언어의 습관을 무시한 것이 아닌가 생각해본다.

미래시제로 시를 쓴다는 것은 설득력이 떨어진다. 우리가 일상적으로 말을 할 때에도 현재나 과거의 일을 말하는 것에 비해 미래의 일은 구속력이 떨어지는 것을 잘 알 수 있다. 왜냐하면 미래는 그 때에 가봐야 알기 때문이다. 미래에 일어날지도 모를 일을 갖고 슬퍼하거나 고통스러워할 사람은 없다. 극단적으로 표현하자면 우리는 살다가 언젠가 죽을 것이라는 사실은 확실히 알고 있다. 그러나 그처럼 확실한 일도 미래의 일이기 때문에 현재 슬퍼하거나 고통스러워하지 않는다. 당장에 구속력을 갖지 않는 일은 현재의 감정에 크게 영향을 끼치지 못하기 때문이다. 이 시에서도 이별이 미래에 일어날 것을 가정으로 전개되기 때문에 시적 화자나 대상은 슬픔에 휩싸이지 않을 것이다. 그동안 〈진달래꽃〉에서의 이별을 이미 일어난 과거 일이나 현재 일어난 일로 해석했던 것을 다시 생각해보면 좋겠다. 〈진달래꽃〉을 가수 마야가 불렀던 것처럼 즐겁게 사랑을 고백하는 톤으로 읽어야 할 것 같다.

그러나 〈진달래꽃〉이 비록 미래 조건이라 할지라고 이별할 때 주는 꽃의 이미지를 진달래꽃으로 형상화한 것은 아주 긍정적이다. 같은 봄 꽃이라도 목련이나 개나리꽃은 슬프고 아린 느낌은 없다. 슬픈 사랑으로 형상화된 진달래꽃을 통해 김소월의 직관이 민족적 원형과 닿아있음을 확인할 수 있다. 〈진달래꽃〉은 한국인이면 어떤 설명 없이도 누구나 좋아할 수밖에 없는 이미지를 사용한 것이다.

잠시 시를 읽는 자세도 생각해볼 일이다. 한국어는 서술어가 문장의 끝에 나온다. 그렇기 때문에 말을 다 들어보지 않고서는 판단을 할 수 없다. 또한 "나는 당신을 사랑했어요", "나는 당신을 사랑해요", "나는 당신을 사랑할 겁니다"처럼 시제의 차이가 얼마나 많은 진실과 감정의 정도를 달리하고 있는지도 잘 알고 있다. 그러나 우리는 이러한 구절들을 대할 때도 "당신", "사랑"에 집중함으로써 자신이 읽고 싶은 것만 읽는 경우가 많다. 그렇게 함으로써 "나는 당신을 사랑할 겁니다"의 경우, 화자의 의지를 드러낸 것인지, 상대방의 강요에 의한 대답인지, 약속인지, 문맥적 상황에 따라 다양하게 해석할 수 있는 것까지도 놓칠지도 모른다. 시를 감상할 때 언어만 따라가지 말고 문맥적 상황을 염두에 두고 접근한다면 훨씬 풍부하고 섬세하게 읽을 수 있을 것이다.

김소월의 사랑시를 살펴보다가 멀리까지 왔다. 다시 〈진달래꽃〉으로 돌아가면, 이 시는 사랑을 고백하기 위해 이별을 조건으로 한 미래의 일을 얘기함으로써 현재 시인의 절실한 감정을 드러낸 것이라고 볼 수 없다. 즉 시인이 사랑의 열렬한 감정을 토로한다고 보기에는 거리가 있다. 시인과 시적 화자가 분리되어 있기 때문이다. 김소월은 김정식이라는 본명을 가진 남성이다. 시에 나타난 화자는 꽃을 한 아름 따다 꺾어 뿌리는 여성이다. 즉 시인과 시적 화자가 분리되어 극화된 것이다. 그러나 동서고금을 막론하고 진정한 사랑의 감정은 숨길 수 없다. 시인의 감정이 직설적으로 표현된 그의 다른 시를 보자.

　　말리지 못할 만치 몸부림치며
　　마치 천리만리나 가고도 싶은

맘이라고나 하여볼까

한 줄기 쏜살같이 벋은 이 길로

줄곧 치달아 올라가면

불붙는 산의, 불붙는 산의

연기는 한두 줄기 피어올라라.

— 〈천리만리〉

뜨거운 시 〈천리만리(千里萬里)〉 전문이다. 시인은 마음이 몸부림을 칠 정도로 폭발적인 상태에서 시를 출발하고 있다. 말리지 못할 정도의 몸부림은 얼마나 폭발적인지 천 리(사백 킬로)나 만 리(사천 킬로)나 가고 싶은 정도이다. 시인은 갈 수 없기 때문에 그 뜨거운 열정으로 쏜살같이 치달아 올라가 온 산을 태운다. 아마 계절은 가을인 것 같다. 붉게 단풍 든 산을 본 시인은 누군가가 보고 싶어 몸부림이 났다. 그 몸부림을 구체적으로 천 리, 만 리로 늘여놓은 것이다. 이 얼마나 대단한 양인가. 마지막 행의 "연기는 한두 줄기 피어올라라"로 보아 시인은 몸부림으로 표현된 절절한 열정으로 온 산을 태우며 그리움의 감정을 다 소진시켜야만 했던 상태를 보여주고 있다. 이 시는 시적 화자와 시인이 일치되어 그리움을 폭발적 순간으로 표현한 것이다. 시의 기법적인 측면에서도 몸부림이 나기까지의 과정을 빼고 격정의 순간만을 드러냈기 때문에 절정으로 이루어진 것을 알 수 있다. 이 시는 당시 시인과 시적(사랑의) 대상의 현실적 분리로 인해 열정적 사랑의 감정이 직접적으로 드러났다. 이 시에서 사랑은 〈진달래꽃〉에서처럼 극화된 것이 아니라 시인과 시적 화자의 일치로 육화된 감정으로 나타난다. 이렇게 사랑이 분리된 대상에 대한 그리움이 아닌 시인과 대상이 같이 있을 때의 감정을 드러낸 시를 보자.

나들이. 단 두 몸이라. 밤빛은 배여 와라.
아, 이거 봐, 우거진 나무 아래로 달 들어라.
우리는 말하며 걸었어라, 바람은 부는 대로.

등불 빛에 거리는 헤적여라, 희미한 하느便에
고이 밝은 그림자 아득이고
퍽도 가까인, 풀밭에서 이슬이 번쩍여라.

밤은 막 깊어, 四方은 고요한데,
이마즉, 말도 안 하고, 더 안가고,
길가에 우두커니, 눈 감고 마주 서서,
먼 먼 山, 山절의 절 鐘소래. 달빛은 지새어라

- 〈합장〉

요즘 발행되는 소월시집에는 보이지 않는 〈합장(合掌)〉 전문이다.
1연에서 시적 화자는 초저녁에 단둘이 나들이를 한다. "단 두 몸"이라
는 말로 보아 어딘지 달콤함이 감돌기도 하다. 매일 보는 달빛도 새로
운 듯 이야기하면서 걸어간다. 혼자 볼 때와는 달리 서로를 통해 바라
보는 사물과 풍경은 신선하게 다가오기 때문일 것이다. 그렇게 거리를
걷다가 3연에서 두 사람은 말도 안 하고 길가에 우두커니 눈 감고 마
주 서게 된다. 그때 먼 절에서 종소리가 들린다. 시인이 사랑하는 여
인과 맞이하는 합장의 순간인 것이다. 두 사람의 감정이 손바닥을 마
주하는 것처럼 하나가 되는 순간을 마치 종교행사에 참여하여 신성성
을 느끼는 순간으로 표현하고 있다. 시적 화자는 시적 대상과의 감정
의 합일의 순간에 영혼의 고양을 느낀 것이다. 이 시에서도 시인과 시

적 화자가 분리되지 않고 일치되어 나타난다. 시인의 사랑의 감정이 조심스럽고 아름답게 표현된 시라고 할 수 있다. 종교의식을 치른 것 같은 사랑의 결합으로 인해 느끼는 신성성은 시인의 사랑에 대한 태도를 잘 보여준다고 하겠다. 달리 말하면 소월은 사랑의 깊이를 아는 시인이라 하겠다. 이러한 시인이 사랑하는 대상이 실제적으로 역겨워한다면 말없이 보내줄 정도로 자신의 감정을 절제할 수는 없을 것이다. 이별을 조건으로 사랑을 고백한다는 것 자체가 소월의 사랑의 절실함과는 거리가 있다.

일반적으로 서정시는 특별히 극화되지 않는다면 시인과 시적 화자가 일치되기 때문에 시에서 보여주는 정서는 시인의 감정을 그대로 드러낸 것이라 할 수 있다. 즉, 극화된 〈진달래꽃〉은 시인과 시적 화자가 분리되어 시인의 감정을 그대로 드러냈다고 보기 어렵고, 〈천리만리〉와 〈합장〉은 시인과 시적 화자가 일치되어 시인의 감정을 솔직하게 드러냈다고 볼 수 있다. 그러면 시인이 자신의 감정과 분리된 시를 쓴 의도가 무엇일까?

아버지의 정신적 질환으로 어두운 어린 시절을 보낸 소월은 어렸을 때부터 숙모에게서 많은 이야기를 들으며 자랐다. 〈진달래꽃〉은 숙모 계희영의 사랑 이야기를 듣고 쓴 시라 밝혔다. 그래서 자신의 실제적 사랑시처럼 절절할 수가 없다. 그러나 이 시는 7·5조의 리듬을 실험한 시로서 의미가 크다. 김억을 비롯한 근대 초창기 시인들은 시조와 다른 현대시에서 한국적 리듬을 발견하는 일에 심혈을 기울였다. 시조의 3음보나 3·4조 자수율을 어떻게 적용할 것인가가 당시 시인으로서 해결해야 할 과제였을 것이다.

"나 보기가 역겨워/ 가실 때에는"은 7·5조의 자수율을 보인다. "말없이 고이 보내 드리오리다"는 어떻게 읽어야 하나? 시인은 "말없이 고이"를 7로 읽기 바란다. 우리말의 '말'은 장음과 단음이 있는데 "말 없이"의 말은 장음으로 네 박자로 읽어야 하고 "고이"도 그 의미처럼 호흡을 길게 하여 세 박자로 읽어야 한다고 본다. "보내 드리오리다"의 경우는 우리말에서 '리'를 빨리 발음하는 경향이 있어 "드리"나 "오리"를 각각 한 호흡으로 읽어야 한다고 본다. 따라서 "보내 드리오리다"는 다섯 박자로 읽어야 한다. 이렇게 언어와 리듬을 실험함으로써 김소월은 우리나라의 첫 리듬을 가진 시인이 되었다. "말리지 못할 만치/ 몸부림하며// 마치 천리만리나/ 가고도 싶은"도 7·5조를 잘 보여준다. 물론 현대시는 자유시이기 때문에 각기 시 작품을 음송하여야만 드러나는 구체적인 리듬을 꼭 글자 수를 맞추어 형상화할 필요는 없으나 소월은 스스로의 리듬을 찾아 한국적인 리듬을 형상화했다고 볼 수 있다. 발표는 후에 했지만 오산학교 재학 시절(15세에서 18세) 쓴 〈진달래꽃〉과 같은 시의 리듬은 이후 시집 『진달래꽃』에 전폭적으로 드러난다. 소월의 시는 시 창작 기법에서 볼 때 리듬이 의미와 정서로 결합된 좋은 예이기도 하다.

> 그립다
> 말을 할까
> 하니 그리워
>
> 그냥 갈까
> 그래도
> 다시 더 한번....

〈가는 길〉의 1, 2연이다. 역시 7·5조의 리듬을 보여준다. 시인의 갈등도 리듬을 타고 잘 드러난다. 그리운 사람을 뒤에 두고 시적 화자가 걸어가는 것처럼 망설이는 모습이 동적으로 나타난다. 그립다는 말을 하고 갈까 그냥 갈까 망설이는 동안 시간이 지나가고 있음을 잘 드러냈다. 그러나 소월시가 힘이 있는 것은 리듬을 타고 진행되다 리듬이 파괴되는 부분이 있기 때문이다.

> 저 산에도 가마귀, 들에 가마귀,
> 서산에는 해진다고
> 지저귑니다.
>
> 앞강물, 뒷강물,
> 흐르는 물은
> 어서 따라오라고 따라가자고
> 흘러도 연달아 흐릅디다려.

위 3, 4연에서 부분부분 보이는 7·5조는 그 호흡을 유지하며 시를 읽는 재미를 부각시킨다. "어서 따라오라고 따라가자고"(7·5)는 재촉하는 느낌으로 다가오고 또 뒤에 "흘러도 연달아 흐릅디다려"(6·5)는 유음과 반복되는 'ㅎ' 발음으로 물이 흘러가는 느낌과 한 호흡이 빠짐으로써 시가 바쁘게 흘러감을 동시에 보여준다. 님과의 분리를 아쉬워하는 마음을 리듬에 실어 보여준 시인의 안타까움을 보면서 작위적이지 않은 이별의 슬픔을 느낄 수 있는 것도 시인과 시적 화자가 일치하기 때문이다.

김소월의 아버지는 소월이 태어난 처가댁으로 소월을 보러 가다 경의선 철도를 닦던 일본인 목도꾼들에게 폭행을 당해 정신이상이 된다. 아버지의 발작이 일어나면 어린 소월은 뒷산 옥녀봉으로 올라갔다. 옥녀봉에는 어머니가 일찍 죽어 새어머니에게 구박받던 슬픈 오순이도 올라왔다. 어두운 마음의 둘은 서로에게 큰 위로가 되었을 것이다. 소월은 할아버지의 강권으로 14살에 오순이를 두고 결혼을 한다. 가난한 오순이네와 결혼할 수 없었던 소월은 평생 오순이를 마음속으로 그리워하나 1926년 그녀가 죽음으로써 실의에 빠져 시작(詩作)에서 거의 손을 떼고 방탕한 생활을 했다고 한다. 3·1운동 여파로 폐교된 오산학교에서 경성 배재고등보통학교로 편입해서 졸업한 소월은 일본에 유학을 갔다 관동대지진 때문에 돌아와 경성에 잠시 머물다 고향으로 돌아온다. 어릴 적부터 내성적인 소월은 특별한 친구도 없어 부인과 막걸리를 마시고 부인에게 장기를 가르쳐서 같이 둘 정도로 외롭고 고독하게 지냈다고 한다. 일제강점기의 시대적 억압과 우울한 집안 환경이 내성적인 소월의 외롭고 슬픈 정서와 결합되어 그리움이나 한(恨)이라는 정서로 집약되어 드러난 것이라 볼 수 있다.

시인의 육성이 담긴 사랑시를 볼 때 〈진달래꽃〉은 시인의 원래의 감정과 구별된다. 〈천리만리〉의 뜨거운 열정을 가진 소월과 〈합장〉의 사랑의 신성함에 젖어 있는 소월은 한이 서린 목소리로만 사랑을 노래하지 않았기 때문이다. 한 시인의 진정한 목소리는 무지개처럼 다양한 색깔로 꿈을 꾸게 한다. 우리는 시를 읽을 때 성숙한 정신을 맞이하고 시로 인해 현실에서 고양된다. 그러나 우리도 모르게 시를 자신의 감정이나 눈높이로만 읽으려는 습관을 갖는데, 시를 있는 그대로 따라가 현실을 뛰어넘는 순간을 맛보면 어떨까?

3

한용운

〈고적한 밤〉에서 〈춘화〉까지

　한용운처럼 감정을 성숙하고 완벽하게 시로 형상화한 시인도 없을
것이다. 그동안 구도자로, 독립운동가로 살아온 그의 삶과 관련하여 시
에 나타난 시적 대상을 부처나 조국 독립으로 바라봐왔다. 또한 그가
시집 『님의 침묵』의 군말에서 "'님'만이 님이 아니라 그른 것은 다 님
이다. 중생이 석가의 님이라면 철학은 칸트의 님이다. 장미화의 님이
봄비라면 마시니의 님은 이태리다. 님은 내가 사랑할 뿐 아니라 나를
사랑하느니라"라고 함으로써 그 스스로 '님'에 대한 다양성을 열어 놓
기도 했지만 다른 한편으로 보면 제한하기도 했다. 이런 의미에서 그동
안 한용운 시에서 그리움의 대상은 비유를 통해 감정보다는 정신적 의
미를 드러낸다고 생각해왔다. 따라서 연구가들은 한용운의 '님'은 부처
도 될 수 있고 조국도 될 수 있고 여인도 될 수 있다고 보아왔다.

　그러나 글을 쓰는 입장에서 생각해 보면 한 편의 시나 글을 쓸 때
여러 대상을 동시에 염두에 두고 쓸 수는 없는 것이다. 사랑이라는 감

정도 어머니와 연인에게 보내는 정서가 다르기 때문이다. 글을 한 대상에 집중해서 표현하기에도 부족한데 어떻게 한번에 여럿을 향해 동시에 쓸 수 있겠는가? 시인이 글을 쓸 때에는 정확한 대상(님)이 있었으리라. 그의 시를 외적으로 접근해서 역사, 전기적으로나 사회, 문화적으로 본다면 님은 정신적인 가치인 부처나 조국이 되어 의미 중심적으로 다가올 수 있겠으나, 시를 내적으로 접근해서 구조적으로, 창작 기법적으로 본다면 님은 구체적 대상이 되어 정서적으로 실제적으로 다가온다.

하늘에는 달이 없고 땅에는 바람이 없습니다.
사람들은 소리가 없고 나는 마음이 없습니다.

우주는 죽음인가요.
인생은 잠인가요.

한 가닥은 눈썹에 걸치고, 한 가닥은 작은 별에 걸쳤던 님 생각의 금실은 살살살 걷힙니다.
한 손에는 황금의 칼은 들고 한 손으로 천국의 꽃을 꺾던 환상의 여왕도 그림자를 감추었습니다.
아아, 님 생각의 금실과 환상의 여왕이 두손을 마주잡고, 눈물 속에서 정사(情死)한 줄이야 누가 알아요.

우주는 죽음인가요.
인생은 눈물인가요.
인생이 눈물이라면

죽음은 사랑인가요.

- 〈고적한 밤〉

절망적인 순간을 노래한 시이다. 그렇기 때문에 "하늘에는 달이 없고 땅에는 바람이 없고 사람들은 소리가 없고 나는 마음이 없다." 마음이 없는 사람은 빛도 생명도 어떤 누구의 존재도 느낄 수 없을 것이다. 그 이유가 무엇인가? 눈썹과 작은 별에 걸쳤던 님 생각의 두 가닥 금실이 황금의 칼을 들고 천국의 꽃을 꺾던 환상의 여왕과 눈물 속에서 두 손을 마주 잡고 정사(情死) 했기 때문이다. 눈썹은 영혼의 창인 눈 위에 있는 것으로 인간 육체에 있어서 가장 천상적인 것을 의미한다. 인간이라는 조건 속에서 인간 이상을 상징하는 것이다. 그 눈썹의 병치적 이미지인 작은 별에 걸친 님 생각의 금실이 살살살 걷힌다는 것은 더 이상 님 생각을 할 수 없게 된 것을 말한다.

또한 한 손으로 황금의 칼을 쥐고, 다른 한 손으로는 천국의 꽃을 꺾던 환상의 여왕이 그림자도 감추었다는 것은 더 이상 만날 수 없음을 나타낸다. 다시 말해 그 둘이 눈물 속에 빠져 죽음으로써 둘의 사랑이 끝났음을 알 수 있다. 여기서 사랑의 대상과 시적 화자와의 이별은 그 원인이 구체적으로 드러나지 않아 알 수 없지만 서로의 감정이 다하거나 마음의 상태가 바뀌어서 벌어진 일은 아닌 것이다. 님 생각과 여왕이 두 손을 마주 잡고 눈물 속에서 사랑 때문에 죽었다고 표현하고 있기 때문이다. 그래서 시적 화자는 죽고 싶다는 절망감에 빠져 고적한 밤에 놓여 있는 것이다. 이 시가 승려로서 절대자에 대한 사랑을 드러내기 위해 쓴 것이라면 기독교적 용어인 '천국'은 시인의 종교적 신념과는 거리를 갖기 때문에 쓸 수 없다. 여기서 여왕이 들고 있던 "황금의 칼"과 "천국의 꽃"은 〈님의 침묵〉의 "황금의 꽃같이 굳고 빛나던 옛 맹세"와도 같은 맥락에 놓여 있다. 차이는 〈고적한 밤〉에서는 현실적으로 다시는 만날 수 없는 사랑이 끝난 상태의 이별이고 〈님의 침묵〉에서는 두 사람이 몸은 분리되었으나 사랑이 지속된 상태의 이별이다.

　님은 갔습니다. 아아 사랑하는 나의 님은 갔습니다.
　푸른 산빛을 깨치고 단풍나무 숲을 향하여 난 작은 길을 걸어서 차마 떨치고 갔습니다.
　황금의 꽃같이 굳고 빛나던 옛 맹세는 차디찬 티끌이 되어서 한숨의 미풍(微風)에 날아갔습니다.
　날카로운 첫 키스의 추억은 나의 운명의 지침(指針)을 돌려놓고 뒷걸음쳐서 사라졌습니다.
　나는 향기로운 님의 말소리에 귀먹고 꽃다운 님의 얼굴에 눈멀었습니다.
　사랑도 사람의 일이라 만날 때에 미리 떠날 것을 염려하고 경계하지 아니한 것은 아니지만, 이별은 뜻밖의 일이 되고 놀란 가슴은 새로운 슬픔에 터집니다.
　그러나 이별을 쓸데없는 눈물의 원천을 만들고 마는 것은, 스스로 사랑을 깨치는 것인 줄 아는 까닭에 걷잡을 수 없는 슬픔의 힘을 옮겨서 새 희망의 정수배기에 들어부었습니다.
　우리는 만날 때에 떠날 것을 염려하는 것과 같이 떠날 때에 다시 만날 것을 믿습니다.
　아아, 님은 갔지만은 나는 님을 보내지 아니하였습니다.
　제 곡조를 못이기는 사랑의 노래는 님의 침묵을 휩싸고 돕니다.
　　　　　　　　　　　　　　　　　　　　　　　　　－ 〈님의 침묵〉

'님'은 단풍나무 숲을 향하여 난 작은 길을 걸어서 차마 떨치고 갔다. "차마"는 '할 수 없다'는 의미를 가진 부정어와 호응하는 말이나 이 시에서는 님이 가고 싶지 않아 억지로 갔음을 강조하기 위해 사용하였을 것이다. "걸어서", "날카로운 첫 키스", "뒷걸음 쳐서"라는 시어는 정신적 가치인 조국에 대한 사랑을 드러내는 것이 아니라 육체를 가진 사랑의 대상을 향한 감정을 드러내고 있다. '첫 키스'가 날카롭다는 표현은 이 사랑이 얼마나 두렵고 떨리는 일인지, 그래서 승려인 그의 "운명의 지침을 돌려놓고"라는 표현이 가능한 것이다. 더욱이 사랑의 대상도 가기 싫어 겨우 떠남으로 몸은 화자를 향한 상태에서 뒤로 걸어가듯 "뒷걸음쳐서 사라졌다"고 쓰고 있다. 그래서 화자는 "향기로운 님의 말소리에 귀먹고 꽃다운 님의 얼굴에 눈 먼" 상태에 놓여 있다. 출가한 화자가 속가의 사랑의 대상을 만날 때부터 이별을 염려하고 경계했지만 막상 그런 일이 벌어지자 뜻밖의 일인 것처럼 견딜 수 없는 슬픔에 빠진 것이다. 그러나 그들은 만날 때 떠날 것을 알았던 것처럼 떠날 때에 다시 만날 것을 약속했을 것이다. 님은 떠나갔지만 시적 화자가 보내지 않아 몸은 부재하나 시적 화자와 님은 같이 있다고 말하고 있다. 그렇기 때문에 화자의 사랑의 노래에 대해 님은 침묵으로 답하고 있는 것이다. 근대시 초창기 작품이지만 상상력이 현대적이다. 이렇게 사랑의 감정을 품고 속가로 내려간 님을 생각하는 화자의 모습은 기다림으로 점철되어 나타난다.

　　바람도 없는 공중에 수직(垂直)의 파문을 내이며 고요히
　떨어지는 오동잎은 누구의 발자취입니까.
　　지리한 장마 끝에 서풍에 몰려가는 검은 구름의 터진 틈으
　로 언뜻언뜻 보이는 푸른 하늘은 누구의 얼굴입니까.

꽃도 없는 깊은 나무에 푸른 이끼를 거쳐서 옛 탑(塔) 위의
고요한 하늘을 스치는 알 수 없는 향기는 누구의 입김입니까.
　근원은 알지도 못할 곳에서 나서 돌뿌리를 울리고 가늘게
흐르는 작은 시내는 구비구비 누구의 노래입니까.
　연꽃 같은 발꿈치로 가이 없는 바다를 밟고 옥 같은 손으로
끝없는 하늘을 만지면서 떨어지는 해를 곱게 단장하는 저녁
놀은 누구의 시(詩)입니까.
　타고 남은 재가 다시 기름이 됩니다. 그칠 줄을 모르고 타
는 나의 가슴은 누구의 밤을 지키는 약한 등불입니까.

- 〈알 수 없어요〉

　화자는 선방에 앉아 있어도 마음과 귀는 밖을 향해 있다. 커다란
오동잎 떨어지는 소리를 누군가 걸어오는 소리로 착각할 정도로 생각
이 누군가를 향해 있다. 그로부터 시적 화자는 누군가, 반가운 얼굴을
떠올리고 향기 나는 입김과 노래 같은 말소리를 떠올린다. 저녁놀과
대비되는 사랑의 대상에 대한 극적인 황홀감이 밤이 되어도 끝없이
마음을 환하게 채우고 있다. 지리한 장마 끝에 잠시 보이는 푸른 하늘
처럼 반가운 것이 또 있을까? 입김이 향기로운 사람이 있을 수 있을
까? 시인은 알 수 없다고 하지만 너무나 잘 알고 있는 '누구'를 그리
워하고 있는 것이다. 한용운의 '님'은 사랑하지만 현실적으로 가까이
지낼 수 없는 대상이다.

　당신이 맑은 새벽에 나무 그늘 사이에서 산보할 때에 나의
꿈은 작은 별이 되어서 당신의 머리 위에 지키고 있겠습니다
　당신이 여름날에 더위를 못 이기어 낮잠을 자거든 나의 꿈

은 맑은 바람이 되어서 당신의 주위에 떠돌겠습니다
　당신이 고요한 가을밤에 그윽히 앉아서 글을 볼 때에 나의
꿈은 귀뚜라미가 되어서 책상 밑에서 「귀뚤귀뚤」 울겠습니다
- 〈나의 꿈〉

　현실적으로 분리된 님에 대한 그리움을 꿈에서나마 "작은별", "맑
은 바람", "귀뚜라미"가 되어 옆에 있고 싶다는 갈망으로 나타낸다.
그리고 그 사랑의 대상은 시인을 살게 하는 힘인 것이다.

　당신이 가신 뒤로 나는 당신을 잊을 수가 없습니다
　까닭은 당신을 위하느니보다 나를 위함이 많습니다

　나는 갈고 심을 땅이 없으므로 추수가 없습니다
　저녁거리가 없어서 조나 감자를 꾸러 이웃집에 갔더니 주
인은 "거지는 인격이 없다. 인격이 없는 사람은 생명이 없다.
너를 도와주는 것은 죄악이다"고 말하였습니다
　그 말을 듣고 돌아 나올 때에 쏟아지는 눈물 속에서 당신을
보았습니다

　나는 집도 없고 다른 까닭을 겸하여 민적(民籍)이 없습니다
　"민적 없는 자는 인권이 없다. 인권이 없는 너에게 무슨 정
조냐"하고 능욕하려는 장군이 있었습니다
　그를 항거한 뒤에, 남에게 대한 격분이 스스로의 슬픔으로
화하려는 찰나에 당신을 보았습니다
　아아! 온갖 윤리, 도덕, 법률은 칼과 황금을 제사지내는 연

기인 줄 알았습니다

  영원의 사랑을 받을까 인간 역사의 첫 페이지에 잉크 칠을
할까 술을 마실까 망설일 때에 당신을 보았습니다

- 〈당신을 보았습니다〉

  시인은 시적 대상이 떠나간 뒤에도 잊을 수 없는 이유를 말하고
있다. 물론 여기서의 이별도 감정적 이별이 아니라 육체적 분리를 말
하는 것이다. 시적 화자는 당신을 잊을 수 없는 이유를 당신보다 나를
위함이라고 말한 것이 이기적인 것 같으나 사랑을 고백하는 방식으로
선택한 것이다.

  일반적으로 '땅', '민적'이라는 시어로 당신을 조국으로 보는 경우
가 많으나 시인은 실제적으로 땅이 없는 승려이므로 조나 감자를 꾸
러 혹은 탁발하러 나섰을 것이다. 그때마다 화자는 인격적 모독을 당
했을 것이다. 만약 당신을 조국으로 본다면 이웃은 일본사람이 된다.
조선 민족 모두가 국권을 침탈당한 상태에서 독립운동가인 시인이 일
본사람에게 양식을 꾸러갔다는 설정은 전적으로 불가능한 일이다. 그
렇기 때문에 이 시는 비유로 보는 것보다 사실적, 실제적으로 보는 것
이 타당하다. 시인은 실제적으로 땅이 없고 일제강점기에 민적이 없었
기 때문에 시의 내용처럼 모독과 능욕을 당하였을 것이다. 그렇게 가
장 고독하고 비참한 순간에 떠올리는 대상이 당신인 것이다. 자신을
가장 존중하고 가장 사랑하는 사람. 나이가 어렸다면 어머니일 수도
있겠으나 당시 불혹을 넘긴 시인에게 있어서는 사랑하는 사람이다. 그
래서 당신을 잊을 수 없는 이유가 나를 위함이 많다고 첫 행부터 말하
고 있다. 땅이 없는 가난한 사람이나 인권을 유린당하는 사람을 위해
있어야 할 윤리, 도덕, 법률이 칼과 황금을 가진 자들을 위한 것이라

는 사실을 깨달은 후에 역사도 종교도 무시하고 자포자기할까 망설이는 화자에게 당신은 다시 살아갈 힘을 주는 존재이다. 즉 시적 화자는 "당신은 나를 살게 하는 힘이야"라고 고백한 것이다. 이러한 사랑의 감정도 오랜 기다림으로 변화를 겪는다.

> 나는 나룻배
> 당신은 행인.
>
> 당신은 흙발로 나를 짓밟습니다.
> 나는 당신을 안고 물을 건너갑니다.
> 나는 당신을 안으면 깊으나 옅으나 급한 여울이나 건너갑니다.
>
> 만일 당신이 아니 오시면 나는 바람을 쐬고 눈비를 맞으며 밤에서 낮까지 당신을 기다리고 있습니다.
> 당신은 물만 건너면 나를 돌아보지도 않고 가십니다그려.
> 그러나 당신이 언제든지 오실 줄만은 알아요.
> 나는 당신을 기다리면서 날마다 날마다 낡어갑니다.
>
> 나는 나룻배
> 당신은 행인.
>
> － 〈나룻배와 행인〉

시인은 나룻배와 행인이라는 비유로 기다림을 나타내고 있다. 그러나 기다림이 앞의 〈알 수 없어요〉와는 다르게 나타난다. 시인은 나의 희생적 태도와 달리 당신은 물만 건너가면 나를 돌아보지도 않고 가버린다고 함으로써 원망의 감정을 보이고 있다. 출가한 시인과 속가 여인의 사랑은 만날 수 없어 그리움과 기다림으로 이루어졌을 것이다. 그리고 '나'는 날마다 낡아간다고 함으로써 그리워하는 마음보다 기다리다 지쳐가는 상태를 토로한다. 시인의 사랑은 이와 같은 과정 끝에 〈고적한 밤〉에 닿게 된 것이다.

승려이고 독립운동가이기 이전에 한용운이라는 한 인간의 사랑의 행보는 감동적이다. 끝내 그 사랑을 죽일 수밖에 없었던 두 사람의 절망은 삶을 무어라고 해석했을까? 일제강점기에 민족의 지도자로 종교 지도자로 혁명가의 삶을 살았던 한용운을 이렇게 바라보는 것이 그를 폄하하는 것일까? 많은 사람들이 승려가 사랑하는 것은 비도덕적이라고 할지도 모른다. 콜린 매컬로 소설 『가시나무새』에서 신부의 사랑을 고통스럽고 아름답게 바라보면서 현실에서의 고통은 외면하고 싶은 게 인간의 이중적 도덕성인가?

한용운은 부인이 아기를 낳았을 때 시장에 미역을 사러 나갔다가 출가했다고 한다. 시선에 따라 다르겠지만 가장 극적인 순간에 삶을 송두리째 깨달았다고 볼 수 있을 것이다. 그는 독립군들에게 몇 번이나 일제의 스파이로 오인받아 저격을 당하기도 했다. 그의 성격과 더불어 그를 전적으로 이해하는 것은 어려운 일일 것이다. 그렇기 때문에 그는 시집 앞에 군말을 넣었는지도 모른다. 확실한 것은 그가 독립운동가로도, 불제자로도 혁명가로 살았다는 것과 성북동에 '심우장'이라는 북향집을 짓고 살았다는 것과 결혼하여 딸을 낳았으나 일본 학교를 보내지 않았다는 것은 사실이다. 인간의 삶이 책에서처럼 하나의 가치관으로만 일관되게 이루어진다면 삶의 수수께끼는 없을 것이다. 한 사람의 정신도 삶도 시간이 지남에 따라 수많은 생관으로 점철되는데 어떻게 시인을 하나의 가치로만 꿸 수 있을까? 그의 조국애나 불심은 〈논개의 애인이 되어 그의 묘에〉와 〈선사의 설법〉같은 시들에 잘 드러난다. 유마경에 경도되었던 한용운의 모습이 드러나는 다음 시조를 보면 성숙한 정신과 고양된 인격을 지닌 그의 면모를 볼 수 있다.

따슨볕 등에 지고 유마경 읽노라니
가볍게 나는 꽃이 글자를 가리운다
구태여 꽃 밑 글자를 읽어 무삼하리오.

봄날이 고요키로 향을 피고 앉았더니
삽살개 꿈을 꾸고 거미는 줄을 친다
어디서 꾸꿍이 소리 산을 넘어 오더라.

－ 〈춘화〉

볕 좋은 봄날에 유마경을 읽던 화자는 꽃잎이 떨어지자 책을 덮고 향을 피우고 봄을 즐긴다. 이런 행위가 정신을 맑게 하거나 깨달음에 가까이 가게 하지는 않는다. 제목 ‘춘화’는 춘화(春花)가 아니고 춘화(春畵)로 읽으면 좋겠다. 즉 시인은 야한 그림을 보고 있음을 말하고 있다. 봄을 즐김으로 시인은 정신적 외도를 하고 있는 것이다. 일반인들이 보는 야한 그림과 달리 시인의 야한 그림은 꽃잎을 밀어내고 유마경을 읽는 대신 책을 덮고 향을 피우고 봄을 즐기고 있는 상태인 것이다. 일체유심(一切唯心)이라는 진리를 깨달은 승려가 봄에 빠져드는 외도를 하고 있는 것이다. 이는 시인의 정신의 경지를 드러내는 것이리라. 많은 사람들이 춘화(春畵)를 춘주(春晝)의 오기로 본다. 즉 제목이 ‘봄 낮’이라는 것이다. 이렇게 본다면 소재 이상의 의미는 담지 못한다. 한용운의 깊은 정신세계의 맛을 잃어버린다. 앞에 언급한 시

42

편들의 제목을 봐도 한용운 시의 제목들은 소재 차원을 넘어 상징적이다. 그는 자신이 하고자 하는 말을 끝까지 보고 그 끝을 섬세하게 표현할 수 있는 성숙한 시인이기 때문이다.

4
이 상

다른 사정은 없는 것이 차라리 나았소

가을, 1936년 가을에도 바람 따라 여기저기 낙엽이 굴렀을 것이다. 이상은 경성의 흙바람을 뒤로하고 식민통치국의 수도 동경으로 떠나갔지만 이듬해 2월에 불온하다는 이유로 구금되었다가 보석으로 풀려나와 4월에 만 27세의 나이로 죽는다. 일본으로 떠난 지 6개월 만에 그는 재가 되어 고국으로 돌아왔다. 그와 같은 비정치적인 시인이 왜 일제의 물리적인 박해를 받아야만 했는지 정확히 알 수 없지만 그의 비정치 속에는 정치보다 강한 동력이 숨어 있었을지도 모른다.

시를 읽을 때 어떤 때는 애써 시인의 삶과 무관하게 읽어 객관적으로 시의 구조만으로 시를 봐야 할 때가 있고 어떤 때는 시인의 삶을 이해하지 않으면 시의 이해가 불가한 경우가 있다. 물론 어떤 경우든 시인의 삶을 염두에 두고 읽으면 더욱 풍부하게 읽을 수 있지만 대부분 선입관을 가지고 시를 읽는 경우를 경계해 시적 짜임이나 구조 등 시 자체에 주목하고 난 후에 시인의 삶을 생각해본다. 그러나 이상의 경우는 시를 통해 정서를 드러냈다기보다는 정신적 상황을 집약적으로 보여주고 있어 그의 환경이나 삶의 태도 등을 생각해 볼 때 시의 이해가 용이할 것이다.

이상은 1910년에 일본의 강점 이후, 경복궁 옆 사직동에서 태어나 통인동에서 살았다. 주권을 상실한 국가의 통치 이념인 유교적 가치에 의해 아들이 없던 백부에게 양자로 가서 서구문화가 맹렬히 확산되던 경성 한가운데에서 성장했다. 이상은 어린 시절부터 전근대적 가치와 근대문화의 충돌에서 혼동을 느꼈을 것이다.

> 벌판한복판에꽃나무하나가있소.近處에는꽃나무가하나도 없소.꽃나무는제가생각하는꽃나무를熱心으로생각하는것처 럼熱心으로꽃을피워가지고섰소.꽃나무는제가생각하는꽃나 무에게갈수없소.나는막달아났소.한꽃나무를爲하여그러는것 처럼나는참그런이상스러운흉내를내었소
>
> ‒ 〈꽃나무〉

이 시는 꽃나무라는 이미지에 주목할 필요는 없다. 중요한 것은 벌판 한복판에 꽃나무가 있고 근처에는 꽃나무가 하나도 없다는 것이다. 시인은 세상의 모든 것을 지우고 꽃나무 하나만 보게 한다. 꽃나무는 제가 생각하는 꽃나무를 열심으로 생각하는 것처럼 열심히 꽃을 피워가지고 섰지만 제가 생각하는 꽃나무에게 갈 수는 없다고 함으로써 꽃나무는 이상적인 꽃나무에 도달할 수 없다고 단정한다. 이상(理想)은 추구하는 것이지 도달할 수는 없다는 시인의 생관을 알 수 있다. 이때 시인은 막 달아난다. 그리고 그런 행위는 한 꽃나무를 위하여 그러는 것처럼 그런 이상스러운 흉내를 낸 것이라고 한다. "그런"

의 내용은 열심히 꽃을 피워가지고 섰다는 뜻일 것이다.

시인은 이상(理想)에 도달하기 위해 막 달아나는 행위를 하고 있다. 일반적으로 이상(理想)에 도달하기 위해 이상(理想)을 향해 나아간다면 시인 이상(李箱)은 그것으로부터 도망하면서 이상(理想)을 추구하는 것이다. 일제강점기라는 시대적 상황을 고려한다면 시적 자아의 순수 이상 추구는 자연조건 속의 식물과는 달리 일제에 제도화된 식민지 지식인의 이상에 역행할수록 순수 이상을 추구할 수 있다고 생각했을 것이다. 이 부분이 이상(李箱) 시 이해의 출발점인지 모른다.

十三人의兒孩가道路로疾走하오.
(길은막힌골목이適當하오)

第一의兒孩가무섭다고그리오.
第二의兒孩도무섭다고그리오.
第三의兒孩도무섭다고그리오.
第四의兒孩도무섭다고그리오.
第五의兒孩도무섭다고그리오.
第六의兒孩도무섭다고그리오.
第七의兒孩도무섭다고그리오.
第八의兒孩도무섭다고그리오.
第九의兒孩도무섭다고그리오.
第丨의兒孩도무섭다고그리오.

第丨─의兒孩가무섭다고그리오.
第十二의兒孩도무섭다고그리오.

第十三의兒孩도무섭다고그리오.

十三人의兒孩는무서운兒孩와무서워하는兒孩와그렇게뿐이모였소.
(다른事情은없는것이차라리나았소.)

그中에一人의兒孩가무서운兒孩라도좋소.
그中에二人의兒孩가무서운兒孩라도좋소.
그中에二人의兒孩가무서워하는兒孩라도좋소.
그中에一人의兒孩가무서워하는兒孩라도좋소.

(길은뚫린골목이라도適當하오.)
十三人의兒孩가道路로疾走하지아니하여도좋소.

- 〈烏瞰圖 詩 第1號〉

〈오감도〉는 연재 도중 독자들(당시 신문 독자는 일반 독자는 아닐
것이다)의 항의로 중단되었다. '오감도(烏瞰圖)'라는 말은 조감도(鳥瞰
圖)에서 鳥(새 조)를 烏(까마귀 오)로 바꾸어 만든 조어라 할 수 있다.
경성공고에서 건축을 전공하고 조선총독부 건축기사였던 이상은 건축
물의 조감도를 익숙하게 그렸고 봐왔을 것이다. 새의 눈으로 내려다보
던 그림이 까마귀의 눈으로 내려다보는 그림으로 바뀐 것이다. 즉 〈오
감도〉는 시커먼 까마귀가 위에서 아래를 내려다보는 형국을 그리고
있다. 〈오감도〉는 이상의 당시 의식의 총체적인 상징일 것이다.
〈오감도 시 제1호〉는 무섭다는 말을 13번 반복함으로써 극대화된
공포감으로 집을 짓듯이 시를 건축했다. 처음 두 행과 마지막 두 행은
서로 상반된 의미를 지니기 때문에 지워진다. 13인의 아해들이 도로

를 질주해도 좋고 안 해도 좋고, 길은 막혀도 좋고 뚫려도 좋다. 그대신 "(다른사정은없는것이차라리나았소)"라고 말한 부분인 "13인의아해는무서운아해와무서워하는아해와그렇게뿐이모였소"에서 시인의 의도가 극명하게 드러난다. 모두가 무섭다고 하는 상황은 무서워하는 아해들이 서로에게 무서운 아해가 되기 때문이다. 서로가 피해자인 동시에 가해자가 되는 상황이다. 이는 당시 상황만이 아니라 어느 시대든 인간이 살아가면서 느끼는 의식일 것이다.

무서운 아해와 무서워하는 아해가 같이 있는 숫자를 13이라고 설정한 것도 불안의식과 상관이 있다. 예수와 12제자는 배반당하는 사람과 배반하는 사람의 결합을 보여준다. 예수의 십자가에서 죽음과 관련된 숫자 13의 상징, 1930년대의 조선 전국 13도(道)의 상황은 숫자 13의 불길하고 불안한 의식과 무관하지 않다.

제일의 아해가 무섭다고 하면서부터 13번 반복되는 무섭다는 말은 반복을 통해 리듬을 형성하고 무섭다는 상황을 강화시켜 이제껏 우리가 알아왔던 숫자 13을 새롭게 창조하였다. 숫자 13이 의미하는 바를 한마디로 정의할 수는 없지만 1930년대를 고통스럽게 살아가던 식민지 청년의 정신적 상황을 상징적으로 드러내고 있음을 알 수 있다.

門을암만잡아다녀도안열리는것은안에生活이모자라는까닭이다. 밤이사나운꾸지람으로나를졸른다. 나는우리집내門牌앞에서여간성가신게아니다. 나는밤속에들어서서제웅처럼자꾸만減해간다. 食口야封한窓戶어데라도한구석터놓았다고내가收入되어들어가야하지않나. 지붕에서리가내리고뾰족한데는鍼처럼月光이묻었다. 우리집이앓나보다그러고누가힘에겨운도장을찍나보다. 壽命을헐어서전당典當잡히나보다. 나는그냥門

고리에쇠사슬늘어지듯매어달렸다.門을열려고안열리는門을
열려고.

- 〈家庭〉

　'문'을 통해 가정이 경제적으로 무척 어렵고 시적 화자는 가장으로
서 부담스러운 상황에 놓여 있음을 보여준다. "문을 암만 잡아당겨도
안 열리는 것은 안에 생활이 모자라는 까닭이다." "식구야 봉한 창호
어데라도 터 놓았다고" 하지만 수입을 가지고 들어가지 못해 문이 안
열린다고 한다. 집이 앓고, 힘에 겨워 도장 찍고, 수명을 헐어서 전당
잡히고 하는 사이 시적 화자는 서리 내린 지붕의 뾰족한 데에 월광이
침처럼 반짝이는 것을 보면서 문을 열려고 문고리에 매달려 있다. 시
인은 다부지게 문을 잡아당기지 못하고 월광을 보면서 쇠사슬처럼 늘
어져 문을 당기고 있는 자신을 객관화하여 보고 있는 것이다. 시인은
현실 문제를 해결하기 위해 부담감을 극심하게 느끼지만 마음은 다른
곳을 향해 있는 어쩔 수 없는 자신을 안타까워하고 있는 듯하다. 시인
이 처한 현실과 정신이 분리되어 있음이 드러난다. 폐결핵으로 인해
총독부 건축기사직을 사퇴하고 황해도 온천으로 요양 갔다 만난 금홍
이와 살면서 카페 '제비'를 운영하지만 결국 자금난에 허덕이다 문을
닫고 금홍이와도 헤어지고 난 후에 쓴 시일 것이다.

　꽃이보이지않는다.꽃이香기롭다.香氣가滿開한다.나는거기
墓穴을판다.墓穴도보이지않는다.보이지않는墓穴속에나는들
어앉는다.나는눕는다.또꽃이香기롭다.꽃은보이지않는다.香
氣가滿開한다.나는잊어버리고再처거기墓穴을판다.墓穴은보
이지않는다.보이지않는墓穴로나는꽃을깜빡잊어버리고들어

간다.나는정말눕는다.아아.꽃이또향기롭다.보이지도않는꽃
이.−보이지도않는꽃이.

− 〈絶壁〉

절정으로만 이루어진 시다. 정신적 위기 앞에 서 있는 상태는 너무
나 절박하여 과정을 쓸 여유가 없기에 시의 내용과 형식이 일치하고
있다. 여기에서도 꽃이 주는 이미지보다 향기라는 꽃의 속성을 염두에
두고 읽을 필요가 있다. 꽃은 보이지 않는데 향기롭다. 이 꽃은 물질
이 아니므로 볼 수 없으나 향기처럼 느낄 수 있고 만개함으로 유혹하
고 있다. 그 유혹의 내용은 묘혈, 무덤 구멍이다. 그것 또한 보이지 않
는다. 그러나 시적 화자는 보이지 않는 무덤 구멍 안에 들어가 눕는
다. 누웠는데도 꽃이 향기롭다. 이 반복되는 향기는 무엇인가. 죽음의
유혹, 자살 충동을 말한다. 시적 화자는 충동을 느끼지만 실제적으로
실행하지 않았으므로 만개하는 향기를 따라 계속 묘혈 속에 들어가는
행위를 반복하고 있다. 정신적 절벽 앞에 서 있는 사람에게 죽음처럼
향기롭고 유혹적인 것은 없을 것이다. 실제적으로 그는 1936년 가을
에 자살을 시도하다 실패하고 탈출하듯 도일한다.

그의 시는 초현실주의자들처럼 자동기술법 형식을 취하고 있다.
20세기에 들어서면서 겪은 제일차세계대전은 이성과 과학적 발전에
회의를 낳았다. 초현실주의자들은 의식을 거치지 않고 무의식의 세계
를 그려보고자 띄어쓰기를 하지 않는 기술양식을 취한다. 비록 큰 성
과를 거두지 못했으나 그러한 운동으로 인간 이성에 문제를 제기한
것은 의미가 있는 일이었다. 이상의 앞서 살펴본 시들도 띄어쓰기를
무시하여 무의식을 드러낸 것 같으나 그 의미는 명료하고 시는 이성
적으로 구축되었다. 이는 그의 불안과 불화를 보여주기에 효과적인 기

술 방법이었으나 서구의 자동기술법의 취지와는 다르게 나타난다. 일반적으로 당대 시인들이 정서를 비유로 형상화했다면 이상은 정신적 상황을 상징적으로 표현한 점이 다르다.

유교적 덕목과 현대적 가치 사이의 불화, 식민 통치에서 자유민으로의 열망, 소통의 부재가 낳은 자의식의 격앙은 그로 하여금 '외로된 사업에 골몰'(〈거울〉)하게 했다. 그러나 경성에서 동경으로, 전근대에서 근대로의 비상(〈날개〉)은 그에게 허용되지 않은 셈이다.

5
김영랑

동백잎에 빛나는 마음

찬바람을 피하느라 고개를 움츠리고 얼어붙은 호수 주변을 걷다가 문득 버드나무에 연초록 물이 번지는 것을 본다. 시냇물도 나무도 얼어붙어 있다가 사방에서 반짝이며 소리를 낸다. 아이들이 자라다가 어느 날 느끼는 봄도 그렇게 다가갈 것 같다. 누구나 자신 안에 어떤 감정이 있는지도 무엇이 있는지도 모르다가 문득 사방에서 속살거리거나 일렁거리는 소리를 듣거나 느껴 실제 있지도 않은 님이 그리울 때가 있었을 것이다.

> 내 마음의 어딘 듯 한 편에 끝없는
> 강물이 흐르네.
> 돋쳐 오르는 아침 날빛이 빤질한
> 은결을 돋우네.
> 가슴엔 듯 눈엔 듯 또 핏줄엔 듯

마음이 도른도른 숨어 있는 곳
내 마음의 어딘 듯 한 편에 끝없는
강물이 흐르네.

　시적 화자는 끊임없이 마음이 설레고 있다. 아침 강의 은빛처럼 반
짝이는 설렘. 그러나 이 설렘이 어디서부터 오는지 모른다. 가슴엔
듯, 눈엔 듯, 핏줄엔 듯, 마음이 도른도른 숨어 있는 곳이라고 한다.
느껴서인지 눈으로 봐서인지 숨 쉬는 것처럼 본능인지 마음은 어디에
숨어 있는지 모르지만 끝없이 설레고 있다. 누굴 향하는지 모르지만
시적 화자는 마음이 설레어 가만히 앉아 있을 수 없다. 그리운 이가
누군지 모르지만 그리움이라는 감정이 시적 화자를 설레게 한다. 사춘
기 때 누구나 이러한 감정을 가져보았으리라.
　그러나 이 시는 김소월의 〈진달래꽃〉과 같이 오독(誤讀)의 대표적
인 시이다. 교과서에서는 일반적으로 내면의 평화로움과 아름다움을
노래한 시로 소개하고 있다. 시를 읽고 해석하는 것은 독자의 자유라
고 하지만 마음이 강물처럼 끝없이 흐른다는 동적 이미지를 놓쳐버렸
다. 새롭게 돋아 올라 아침 날빛을 받아 반짝거리는 은빛 물결 같은
마음은 가슴인지 핏줄인지 어디에 있는지 모르지만 도른도른 숨어서
강물처럼 흐른다. 설레는 동적인 이미지를 평화로운 마음이라는 정적
인 이미지로 읽는다면 시인의 표현을 염두에 두지 않고 읽은 것이라
볼 수 있다. 소리가 주는 작지만 예쁜 역동적인 이미지를 어떻게 할
것인가. 이 시에 대한 일반적인 이해는 실제로 쓰인 것과 커다란 간극
이 있다. 시적 상황과 이미지와 그 이미지를 위한 소리에 주목하지 않
고 소재와 말의 의미만으로 읽는다면 시와 산문이 어떻게 구별될까?
'끝없는 설렘'과 '마음의 아름다움과 평화로움'은 언뜻 보면 비슷할 것

같지만 상당한 의미 차이가 있다. '마음의 아름다움' 혹은 '평화로움'을 노래했다는 말은 시인이 아무 말도 하지 않았다는 것과 같다. 왜 아름다운지 어떤 상황 속에서 그런지를 말하는 것이 시인의 목소리이다. 시인은 어떤 상황이든 자신의 상상력으로 신선하고 섬세하게 바라보고 극적으로 표현하지 않는가?

> "오-메 단풍 들것네."
> 장광에 골 붉은 감잎 날아오아
> 누이는 놀란 듯이 치어다보며
> "오-메 단풍 들것네."
>
> 추석이 내일모레 기둘리니
> 바람이 자지어서 걱정이리
> 누이의 마음아 나를 보아라.
> "오-메 단풍 들것네."

"오-메 단풍 들것네"라는 극적 표현은 시에 밀도를 주면서 극화시키기에 충분하다. 때는 가을인가보다. 표준어로 바꾸어 보면, 누이가 장을 뜨러 장독대에 갔다가 날아오는 붉은 감잎을 보며 놀란 듯이 쳐다보며 "어머나 벌써 단풍이 들었네"라고 몇 번 감탄을 하였다는 것이다. 다시 2연에서 누이는 내일모레 추석을 기다리고 있는데 이렇게 바람이 자주 불어 걱정이라고 말하고 있다. 그때 시석 화자가 "누이의 마음아 나를 보아라" 하고 노래 부른다. 나의 마음을 누이는 쳐다보았을 것이고 "오메 단풍 들것네"라고 하고 있다. "내 마음도 단풍이 붉게 들었어"라는 것이다. 이해를 돕기 위해 표준어로 산문으로 풀어보니 재미가 없다. 감탄사 "오-메"라는 살폿하고 살가운 표현을 무엇으로 바꿀 수 있을까? "오메- 단풍 들것네"는 리듬을 형성하지만 의미를 집약시켜 시적 효과를 극화시킨다. 여기서 '누이'를 옆집 누이나 마을에 사는 누이로 본다면 시적 화자는 연정을 고백한 것이 되고, '누이'를 친누이로 본다면 마음에 단풍이 든(사춘기가 온) 시적 화자가 자신의 열병을 알아주기를 바라는 것으로 볼 수 있다. "누이야 바깥의 단풍만 보지 말고 내 가슴 좀 봐, 이렇게 붉게 됐는데 어떡하지?"처럼 뒤의 해석으로 읽는다면 아직 사랑은 모르지만 열병 같은 사춘기의 가을을 보여준다. 봄에 다가온 사춘기는 〈끝없는 강물이 흐르네(동백잎에 빛나는 마음)〉와 같이 끝없이 설레는 이미지와 호흡으로 그려졌고 가을에는 붉게 물든 단풍처럼 사춘기의 소년이 '가을을 타고' 있다. 이웃 누이를 연모하는 시로 읽는 것보다 무엇 때문인지 모르면서 가을을 앓고 있는 소년으로 볼 때 시가 더 예쁘고 앞의 시 〈끝없는 강물이 흐르네(동백잎에 빛나는 마음)〉의 이미지와 짝을 이룬다.

위의 두 시는 모두 호흡, 리듬, 어감을 조정하여 이미지를 그리고 있다. 시의 아름다움을 소리로 극화시킨 것이다. 요즈음같이 시가 산문화되고 어긋난 이미지로 언어를 홍수처럼 쏟아놓는다면 오래지 않아 시는 스스로 힘을 잃어버릴 것이다. 오랜 시간 동안 시는 노래와 관련되어온 만큼 소리가 주는 힘으로 상상력을 배가시켰다. 문화에 따라 다르지만 시는 1200년 이상 율격이라는 형식 안에서 창작되어왔으나 20세기에 들어와서는 율격에서 자유로워졌다. 그러나 시에서 언어의 압축과 소리와 의미의 조화는 문학의 본질인 상상력만큼이나 절대적이다.

사랑이 거짓말이 님 날사랑 거짓말이

꿈에와 뵌단말이 긔 더욱 거즛말이
날처럼 잠 아니들면 어느 꿈에 뵈오리

　사랑하는 사람들은 동서고금을 막론하고 언제나 얼마나 사랑하고
있는지 사랑을 확인하고 또 확인할 것이다. 이 시조는 남자가 사랑한
다고 고백했지만 여자는 거짓말이라고 하면서 꿈에서 날 본다는 말은
더욱 그렇다고 한다. 왜냐하면 여자는 꿈은커녕 보고 싶어서 잠도 못
자기 때문이다. 남녀가 바뀌어도 좋을 것 같다. 시인이 남자이기 때문
이다. 시조이기 때문에 음수율이 지켜져 율격이 드러나지만 마지막에
는 아이러니로 리듬이 고조되면서 의미가 맺힌다. 시에서 리듬은 소리
이상이다. 리듬은 반복에 의해 의미를 강화하거나 무화시키고 이미지
를 맺는다. 김영랑은 시의 요소 중 소리에 의미를 집약시켜 자기 길을
걸어간 시인이다. 그는 언어를 아름답게 써서 아름다운 이미지를 만든
시인으로의 기억보다 시의 본질인 소리를 어떻게 시화할 것인가를 고
민한 시인으로 21세기에 들어갈수록 늘어지는 시의 양식을 바꾸어볼
것을 제안하는 시인이기도 하다. 그러나 의미 없이 소리만으로 된 시
는 상(이미지)이 약해 깊은 감동이 없고 소리 없이 이미지로만 된 시
는 숨이 막힌다. 위 시조처럼 상쾌하게 소리를 내며 깊은 의미의 층위
를 지닌 시는 시대와 관계없이 감동을 준다.

모란이 피기까지는
나는 아즉 나의 봄을 기둘리고 있을 테요
모란이 뚝뚝 떨어져 버린 날
나는 비로소 봄을 여읜 설움에 잠길 테요
오월 어느 날 그 하루 무덥던 날

떨어져 누운 꽃잎마저 시들어 버리고는

천지에 모란은 자취도 없어지고

뻗쳐오르던 내 보람 서운케 무너졌느니

모란이 지고 말면 그뿐 내 한 해는 다 가고 말아

삼백 예순 날 하냥 섭섭해 우옵내다

모란이 피기까지는

나는 아직 기둘리고 있을 테요 찬란한 슬픔의 봄을

시인은 모란을 삶의 가치로 보고 있다. 오월에 핀 커다란 밥주발보다 크고 진붉은 꽃은 얼마나 강렬할까? 그 꽃은 너무 커서 아름답고 슬픈 느낌을 지녔다. 시인의 삶의 가치를 상징적으로 보여주기에 충분하다. 봄과 보람과 붉은 모란은 아주 잘 어울리는 소리를 낸다. "뚝뚝 떨어진", "설움", "섭섭해 우옵내다", "찬란한 슬픔"도 강렬하다. 모란으로 모이는 아름다움과 슬픔과 소리가 완결되어 있다.

김영랑은 위의 세 편만으로도 완성된 시세계를 갖는다. 많은 시인들이 왔다가 가지만 한 편이라도 감동을 줄 수 있는 시를 남긴다면 시인으로서 의미를 지닐 수 있을 것이다. 우리는 이미지에 주안점을 둘 것인가 소리에 주안점을 둘 것인가 고민해왔다. 물론 이미지와 소리가 분리되지는 않지만 시인이라면 어느 편에 기대어 쓸 것인지 깊은 생각을 해야 할 것이다.

지금쯤 깊은 산속에 노오란 복수초가 얼음 녹이며 잎을 터뜨리고 있을 것이다.

6

김기림

선량하려는 악마, 신이고 싶은 짐승

4·27 남북정상회담 이후 북미회담에 대한 기대감과 낙담과 혼동 속에서 뱃속 깊이 아려오는 안타까움을 절제하느라 많은 사람들은 밤을 설쳤을 것이다. 100년 전이나 그 이전이나 그 이후에 이 땅에 살았던 지식인들은 더욱 그러하였으리라. 지금은 하루하루 바뀌는 세계 정세와 우리의 상황을 모든 사람이 인터넷으로 즉각적으로 자세하게 접할 수 있지만 그 시대에는 신문을 통해서만 알 수 있었으니 모든 사람이 정보를 즉각적으로 접할 수는 없었으리라.

특히 제일차세계대전 이후 1929년의 세계 경제공황의 여파와 제국주의의 발발이 하루가 다르게 확산되는 가운데 1931년 일본의 만주 침공으로 시작된 제1차 상하이사변에서부터 1937년 난징대학살과 중일전쟁 발발까지 일본의 욕망 때문에 중국에서 일어나는 전쟁을 지켜보는 국권을 상실한 식민지 조선인의 혼동과 불안감은 어떠했을까? 그리고 그 움직임이 제이차세계대전으로 이어지는 과정을 지켜보는 당대인의 심정은?

1908년에 탄생해서 1930년대 우리 문단에 뚜렷한 족적을 남긴 식민지 지식인 김기림의 내면은 지금 우리가 생각한 것보다 훨씬 복잡하고 불안하였을 것이다. 그러나 시인으로서 그에 대한 평가는 동시대의 같은 구인회 멤버였던 정지용보다는 긍정적이지 않다. 두 시인 모두 감상을 지양하고 이미지 중심의 시를 썼지만 그 개성이 다르듯 다르게 표출된 시일지라도 김기림에 대해서는 냉정한 시선이 따랐다. 이는 비평가로서의 그의 이성적인 활동과 비견할 수 있는 그의 시에 대한 기대감에서 발생한 것인지도 모른다. 그러나 그의 강한 목소리에 숨은 정서를 읽어내는 것이야말로 시인으로서의 김기림을 느낄 수 있는 기회를 얻는 것일 것이다.

『기상도』는 1935년 5월부터 4회에 걸쳐 7부로 발표한 작품을 김기림이 일본으로 유학가면서 시인 이상에게 편집, 교정을 부탁하여 1936년에 시집으로 출판한 것이다. 정신을 감각화한 이미지 중심의 시를 쓸 것을 주장한 대로 『기상도』는 구조를 지닌 시이다. 그가 "한 개의 현대(現代)의 교향곡(交響曲)을 계획(計劃)한다. 현대(現代) 문명(文明)의 모-든 면(面)과 능각(稜角)은 여기서 발언(發言)의 권리(權利)와 기회(機會)를 거절(拒絶) 당하는 일이 없을 것이다"라고 시집 서언에 쓴 것처럼 하나의 주제를 교향곡처럼 소나타 형식으로 표현하였다. 교향곡은 일반적으로 4개의 장으로 이루어져 각 악장은 독립된 소나타 형식으로 전곡이 구조적으로 통일되어 연결되어 있다. 현대의 문명을 소재로 한 『기상도』가 교향곡의 형식을 염두에 두고 창작되었다는 것은 각각의 장이 다른 형식과 소재로 이루어졌다는 것과 각각이 전체적 구조의 부분으로 이뤄졌음을 밝힌 것이다.

밖으로 드러난 구성을 보면 태풍이 발생하기 전과 태풍의 발생, 태풍의 내습과 피해상황, 소강상태, 태풍의 소멸로 교향곡과 같이 네 개의 장으로 나눌 수 있다. 4부 '자최'의 끝부분에 "황하의 강변으로 삐꼬며 간다"로 태풍이 사라지고 있음을 보여주나 태풍의 완전한 소멸은 7부 '쇠바퀴의 노래' 끝부분에서 '(태풍경보해제)'가 발표되므로 5부 '병든 풍경', 6부 '올배미의 주문(呪文)'은 태풍의 소강상태를 보인다고 하겠다.

　　　國境 가까운 정차장
　　　車掌의 信號를 재촉하며
　　　발을 굴으는 國境列車.
　　　…(중략)…
　　　旅客機들은 大陸의 空中에서 티끌처럼 흐터졌다
　　　　　　　　　　　　　　　　　- 1부 '世界의 아츰' 4연 부분

　　　쥬네브로 旅行하는 紳士의 家族들
　　　삼판 甲板 "安寧히 가세요", "단여오리다."
　　　　　　　　　　　　　　　　　- 1부 '世界의 아츰' 5연 부분

　　　傳書鳩들은
　　　船室의 지붕에서
　　　수도로 향하여 떠났다
　　　… 수마트라의 束쪽 … 5킬로의 海上 … 一行 感氣도 없다.
　　　赤道 가까웁다. … 20일 午前 열時
　　　　　　　　　　　　　　　　　- 1부 '世界의 아츰' 마지막 연

1부 '세계(世界)의 아츰'은 해협, 산맥, 바닷가, 들, 국경 가까운 정거장, 갑판, 쥬네브(제네바)로 여행하는 신사의 가족들이 등장한다. '스마트라 동쪽 5킬로 적도 가까운' 곳까지 넓은 공간이 묘사되는 가운데 등장하는 인물은 '쥬네브로 가는 신사의 가족들'이다. 쥬네브는 1920년 국제분쟁 중재, 무기감축, 국제협력 등을 목표로 창설된 국제연맹이 위치한 도시이나 1933년에는 만주국 승인 문제로 일본이 국제연맹을 탈퇴함으로써 국제분쟁의 계기가 되어 세계평화를 목적으로 설립된 국제연맹은 유명무실해진 상태다. 『기상도』는 무력으로 모든 국가가 자국의 이익만을 추구하는 국제정세를 암시하는 데서 출발한다고 볼 수 있다. 일행 감기도 없을 만큼 겉으로는 평온하지만 평온이 배태한 긴장이 팽창되고 있음을 알 수 있다.

'넥타이'를 한 힌 食人種은
'니그로'의 料理가 七面鳥보다 좋답니다.
살갈을 히게 하는 검은 고기의 偉力.
醫師 '콜베-르'氏의 處方입니다.
'헬매트'를 쓴 避暑客들은
亂雜한 戰爭 競技에 熱中햇습니다.
슯은 獨創家인 審判의 號角소리.
너무 興奮하얏슴으로
內服만 입은 '파시스트'.
그러나 伊太俐에서는
泄瀉劑는 일체 禁物이랍니다.
필경 洋服 입는 법을 배워낸 宋美齡 女史 …(중략)…
                                    - 2부 '市民行列' 앞부분

2부 '시민행렬(市民行列)'은 특별한 공간적 배경 없이 식인종, 니그로, 콜베르, 심판, 파씨스트, 송미령 여사, 아메리카, 파리의 남편, 수만이, 지배인 영감, 독재자, 동양의 안해, 막도날드, 교도(敎徒), 마님, 무명전사 등을 등장시켜 시인의 의식을 나타낸다. 처음에 등장하는 콜베르(Jean-Baptiste Colbert)는 루이 14세 때 재정총감으로 국가의 경제 간섭을 옹호한 프랑스의 중상주의자이다. 이렇듯 2부 '시민행렬'은 경제에서 시작한다. '양복 입는 법을 배워낸 송미령 여사'는 장제스의 부인 쑹메이링인데 미국 유학으로 서양의 형식만 배운 그녀를 통해 중국 국민당 정부의 부패를 풍자하고 있다. 시민이 행렬하듯 시인의 생각 속에서도 서구 자본주의의 허위와 혼돈이 무력과 더불어 행렬하며 팽창하고 있음을 알 수 있다. 세계의 풍경인 1부와 2부는 태풍 발생의 배경이 되는 것이다. 일제의 수탈이 빚은 결과이기도 하지만 당시 김기림이 피부적으로 느끼는 실업과 경제적 어려움은 극심했을 것이다.

'바기오'의 東쪽
北緯 十五度.

                        - 3부 '颱風의 起寢時間' 1연

'바시'의 어구에서 그는 문득
바위 걸터앉어 머리 수그린
헐벗고 늙은 沙工과 마주첫다
흥'옛날에 옛날에 破船한 沙工'인가 봐
結婚式 손님이 없어서 저런 게지.
'오 파우스트'

'어디를 덤비고 가나'

'응 北으로'

'또 성이 낫나?'

'난 잠자코 있을 수가 없어. 자넨 또 무엇 땜에 예까지 왓나?

　　　　　　 − 3부 '颱風의 起寢時間' 3연 앞부분

　3부 '태풍의 기침시간'에는 태풍의 기침 장소인 바기오 동쪽 북위 15도에서부터 푸른 바다, 바시의 어구, 중앙기상대, 세계의 1500여 개의 지소, 발칸의 동북, 남미의 고원, 서북 방향, 남태평양, 아세아 연안이 등장한다. 김기림은 3부의 장소를 태풍이 발생하는 지점과 이동하는 지역으로 설정하였다. 태풍이 발생하는 지점을 구체적으로 드러내고 마지막 연에 "신사들은 우비와 현금을 준비함이 좋을 것이다"로 하여 태풍의 속성을 보여준다. 태풍의 현상은 비와 바람이지만 그 내용은 현금을 준비해야 하는 상황이다. 그런데 태풍이 일어나서 이동하는 이유를 "더 이상 잠자코 있을 수 없어"라고 한 것으로 보아 3부는 1, 2부에서 느꼈던 시인 내면의 불안감이 가시적으로 터져나온 것이라고 할 수 있다. '태풍'은 필리핀 '바기오'에서 발생해 필리핀과 대만 사이에 놓인 '바시' 해협을 거쳐 (동)아시아의 연안'까지 북상하는데 그곳은 어디인가?

'大中華民國의　繁榮을위하야−'

슬으게 떨리는 유리'컵'의 쇠ㅅ소리.

거룩한 '테−불'보재기 우에

펴놓은 歡談의 물구비 속에서

늙은 王國의 運命은 흔들리운다

'솔로몬'의 使者처럼
빨간 술을 빠는 자못 점잔은 입술들
색감안 옷깃에서
쌩그시 웃는 흰 薔薇
'大中華民國의 分裂을위하야—'

— 4부 '자최' 1연

4부 '자최'에는 대중화민국, 만국공원, 바다, 성층권, 아세아의 머리, 창고, 교회당, 도서관, 강변, 조계선(租界線), 화류가(花柳街), 담배집, 창고, 골목어귀, 빌딩의 숲속, 네거리의 골짜기, 네거리의 복판, 해안의 가도, 오만한 도시, 황하의 강변이 등장한다. 이는 태풍이 20세기 초 서양 여러 나라의 조차지가 있던 세계적인 도시였지만 반식민도시가 된 중국 상해를 관통한 것을 의미한다. 상해를 배경으로 공자가 골목 입구에서 울고 있는 것으로 보아 더 이상 아시아는 유교적인 덕목으로 지탱할 수 없음이 드러난다. 아시아를 지배했던 동양의 가치가 태풍에 의해 속수무책으로 파괴되고 있기 때문이다.

식당의 메뉴들, 화류가(花柳街), 오만한 도시를 강타한 태풍의 활동을 드러낸 4부 '자최'는 태풍이 시인의 내면과 마주친 문명과 문화의 이면인 허위적인 인간의 세계를 강타한 것을 드러낸다. 이는 국가 간의 갈등이나 개인 간의 갈등의 원인이 물질(현금)임을 드러낸다.

圖書館에서는
사람들은 거꾸로 서는 "쏘크라테쓰"를 拍手합니다.
생도들은 헤-겔의 서투른 算術에 아주 歎服합니다.
어저께의 동지를 江邊으로 보내기 위하야

자못 變化 自在한 刑法上의 條件이 調査됩니다.

教授는 <u>紙錢</u> 우이 印刷된 博士 論文을 朗讀합니다.

- 4부 '자최' 7연(밑줄 필자)

억깨가 떨어진 말코 보로의 銅像이 혼자

네거리의 복판에 가로서서

群衆을 號令하고 싶으나

목아지가 없읍니다

- 4부 '자최' 12연

서양 학문을 제대로 알지 못하는 혼동과 혼란 속에서 물질에 의해 좌지우지되는 상황과 입장에 따라 동지를 배반하는 상황을 풍자적으로 보여준다. 또한 13세기에 동방을 처음 방문한 마르코 폴로의 『동방견문록』(Travels of Marco Polo)을 읽고 서방 사람들이 동방에 가면 막대한 부를 가져올 수 있을 것이라는 욕망으로 동방을 침략하였음을 의식하여 목이 달아난 마르코 폴로를 등장시켰다. '더 이상 참을 수 없는' 태풍의 분노가 그의 목을 부러뜨린 것이다.

보라빛 구름으로 선을 둘른

灰色의 '칸바쓰'를 등지고

꾸겨진 빨래처럼

바다는

산맥의 突端에 걸려 퍼덕인다

붉은 향기를 떨어버린

海棠花의 섬에서는
참새들의 이야기도 꺼져 버렸고
먼- 燈臺 부근에는
등불도 별들도 피지 않엇다 …

- 5부 '병든 풍경' 1연 마지막 부분

태풍이 훑고 지나간 5부 '병든 풍경'에서는 바다, 성벽, 벼래(랑), 바위틈, 백사장, 해만(海灣), 섬, 등대가 폐허가 된 연안을 드러낸다. 황혼이 다가오는 5부에서 드러난 극심한 혼란과 불안은 태풍이 강타한 후 세계(바다)는 병든 흔적만 남기고 어둠 속으로 들어가 어떤 빛도 보이지 않는다. 불의 소멸은 붉은 해당화도 떨어지고 참새들의 소리도 불처럼 꺼져버리고 등불도 별들도 없다는 이미지로 드러난다. 이제부터 긴 밤이 다가오고 시인은 시적 화자로 등장하여 독백을 하고 있다. 태풍이 쓸고간 후에도 세계의 문제는 시인을 절망으로 몰아간다.

어머니, 어머니의 무덤에 마이크를 갖어갈가요?
사랑스러운 骸骨, 옛날의 자장가를 기억해 내서
병신 된 나의 귀에 불러 주려우?

- 6부 '올배미의 주문' 12연

6부 '올배미의 주문'은 빛이 완전히 사라진 어둠의 시간을 배경으로 한다. 시인은 극심한 혼란으로 갈등을 겪는다. 위로받고 싶은 고독한 순간이 드러난다. 김기림은 7살 때 어머니를 돌림병으로 잃었다. 시인이 느끼는 고독은 정신의 고독으로 정신적으로 '병신'이 된 아무것도 할 수 없는 정신적 불구인 자신의 처지를 드러낸 것이다.

바다는 다만
어둠에 反亂하는
永遠한 不平家다.

바다는 작구만
흰 이빨로 밤을 깨문다.
                    - 6부 '올배미의 呪文' 마지막 두연

6부 '올배미의 주문'은 네거리, 공원, 시장, 거리, 교회, 철문 저편, 수풀, 지평선, 축대 근방, 무덤, 바다가 배경이 되어 도시와 도시 가까운 바다를 배경으로 하고 있다. 이곳에 위치한 시인은 어둠 속에서 주문을 외듯 빛의 세계를 갈망하지만 "어둠이 가고 아침이 온다는 말이 거짓"이라 할 정도로 더욱 절망에 빠진다. 마지막 "어둠을 바다가 깨문다"는 표현은 일상과 불안이라는 외부적 세계인 바다가 어둠 속으로 자초하려는 시인정신을 깨우고 있다는 것을 드러낸다.

颱風이 짓밟고 간 깨여진 '메트로폴리스'에
어린 太陽이 병아리처럼
홰를 치며 일어날 게다
하룻밤 그 꿈을 건너단이던
수없는 놀램과 소름을 떨어 버리고
이슬에 젖은 날개를 하늘로 펼 게다
탄탄한 大路가 希望처럼
저 머언 地平線에 뻗히면
우리도 四輪馬車에 來日을 실고

유량한 말발굽 소리를 울리면서
처음 맞는 새길을 떠날 게다
　　　　　　　- 7부 '쇠바퀴의 노래' 1연 부분

7부 '쇠바퀴의 노래'에서는 메트로폴리스, 대로, 지평선, 시베리아 근방, 태평양 연안이 등장한다. 1부부터 5부까지, '세계의 아침', '시민 행렬(市民行列)', '태풍(颱風)의 기침시간(起寢時間)', '자최', '병든 풍경'까지는 시적 화자가 직접 등장하지 않으나 6부, 7부인 '올배미의 주문(呪文)', '쇠바퀴의 노래'에는 시적 화자의 인식과 세계에 대한 갈망이 직접적으로 드러나는데 1부에서 5부까지는 밤의 주문을 외울 수밖에 없는, 다시 말하면 어둠을 벗어나고자 갈망할 수밖에 없는 정신적 배경을 보여준다.

　　김기림이 보여주는 공간은 시인의 이성에서 가져온 것으로 실제하는 세계이지만 지적 경험을 통해 설정한 내면세계를 가시화한 것이다. "수마트라의 동쪽 … 5킬로의 해상, 바기오의 동쪽 북위 15도"와 같은 표현은 지도를 보고 쓴 것으로 김기림의 기상도는 실제의 세계 지형을 축소하여 그린 지도와 이성을 통한 관념의 기상도라 할 수 있다.

밤인 까닭에 더욱 마음 달리는
저머언 太陽의 故鄕
　　　　　　- 7부 '쇠바퀴의 노래' 1연 끝부분(밑줄 필자)

7부 '쇠바퀴의 노래'는 빛의 극치인 태양의 세계를 희구하는 시인의 내적 갈망이 드러나지만 시인이 살아내기 위한 실존의 절규로 볼 수 있다. '쇠바퀴의 노래'는 처음에 발표될 때는 '차륜을 듯는다'라고 하여 시적 화자가 주체가 되어 기차 바퀴의 소리를 듣는 것으로 기차 바퀴와 거리가 있었으나 시집에서 '쇠바퀴의 노래'로 바뀌면서 시적 화자와 쇠바퀴가 은유로 일치되어 나타난다. 내용은 시적 화자를 의미하는 쇠바퀴가 빛의 극치인 태양을 갈망하여 위의 인용부분처럼 밤인 까닭에 더욱 달린다고 그 이유를 밝히고 있다. 그러나 자연은 지구가 달려 밤에서 새벽을 향해 간다고 하나 극심한 절망감에 빠진 시인은 이를 믿을 수 없다고 한다.

　　　밤이 간 뒤에 새벽이 온다는 宇宙의 法則은
　　　누구의 실없는 작난이냐?
　　　東方의 전설처럼 믿을 수 없는
　　　아마도 失敗한 實驗이냐?
　　　　　　　　　　　　　- '올배미의 呪文' 5연 끝부분

　　　나는 참말이지 善良하려는 惡魔다.
　　　될수만 있으면 神이고 싶은 즘생이다
　　　그렇건만 밤아, 너의 썩은 바쫄은
　　　웨 이다지도 내 몸에 깊이 親切하냐?
　　　　　　　　　　　- '올배미의 呪文' 10연 앞부분(밑줄 필자)

　인용부분은 시적 화자가 나는 "선량하려는 악마"이고, "신이고 싶은 즘생"이라고 하면서 인간의 본질과 시의 본질을 드러낸다. "황홀한 불빛은 자기 몸을 조려 없애는 기름의 희생이 있기"에 가능하다는 비유를 통해 빛을 내려면 자기희생이 없으면 안 된다는 것을 깨달았기에 그는 갈등할 수밖에 없다. 그러기에 시는 악한 존재가 선하고자 할 때, 동물인 인간이 영혼을 가진 인간을 느낄 때 쓰는 것이라고 말하고 있다. 어느 시대이든 인간의 현실은 "악마"이고 "즘생"인 존재들이 살아가지만 시인 김기림은 선하고 싶고 신을 닮고자 한다. 이러한 선하려고 하고 신이고자 하는 갈등이 김기림 내면에 존재한 것이고 그 힘이 시를 쓰게 한 것이다.

> 市民은
> <u>우울의 질투와 분노와</u>
> <u>끝없는 탄식과</u>
> <u>원한</u>의 장마에 곰팡이 낀
> 추근한 雨備를 벗어버리고
> <u>날개</u>와 같이 가벼운
> 太陽의 옷을 갈아입어도 좋을 게다
> ― 7부 '쇠바퀴의 노래' 마지막 연(밑줄 필자)

시는 산문과는 달리 무엇을 주장하려는 것이 아니라 자신의 정서와 정신의 상태를 보여주는 것이다. 위의 밑줄 친 부분은 시인의 내적 갈등의 출발점이면서 원인이다. 즉 태풍의 원인은 우울과 질투와 분노와 원한에 있었다. 이는 시인의 내면 갈등의 원인이며 바다와 햇빛이 만나는 자리를 만든 부분이다. 이 부분은 시인이 현실적으로 느끼는 바다라는 외부적 세계와 시인이 추구하는 자아의 세계인 빛이 부딪쳐 발생한 태풍이 지나간 뒤에도 절망의 시간을 거쳐 시인 스스로 다짐한 내면의 자세인 것이다. 그리하여 그의 내면은 날개와 같은 가벼운 태양의 옷으로 갈아입으려고 한다. "날개"라고 표현한 것으로 보아 시인은 태양의 옷을 입고 비상하고자 한 것이다. "좋을 게다"라는 서술어는 시제가 미래형으로 되어 있어 태양의 옷을 입는 것은 현재의 일이 아니라 시인 스스로의 다짐을 나타낸 것이다. 『기상도』의 마지막의 '쇠바퀴의 노래'는 외형적으로는 태양의 세계를 추구하는 것으로 보이나 전체적인 맥락에서 보면 시인은 현실적으로 지닐 수 없는 세계에 대한 갈망을 반복적으로 드러낸 것이다. 마치 이상이 〈날개〉의 마지막에서 "날자. 날자. 날자. 한번만 더 날자꾸나"를 외친 것처럼 현실적으로 어쩔 수 없는 시인의 절규가 『기상도』의 '쇠바퀴의 노래'에서는 아이러니로 표현된 것이라 할 수 있다. 그러기에 그는 유학을 계획하고 『기상도』를 출판하기도 전에 도일(渡日)한 것이 아닌가? 또 그런 도일(渡日)을 이상은 얼마나 부러워했는가. 장시 『기상도』는 김기림이 얼마나 치열하게 현실을 탐색하고 자신의 내면을 가시화하려 했는지가 드러난다. 다만 그의 개성에 따라 이성으로 구조화하여 이미지로 나타낸 것이라 할 수 있다. 신과 동물 사이를 왕복하는 가운데 신이 되기 위해, 영혼을 지니기 위해 시를 쓰는 김기림의 갈등은 우리의 갈등이기도 하다.

　　나는 참말이지 善良하려는 惡魔다.
　　될 수만 있으면 神이고 싶은 즘생이다.

7

정지용

종이보다 희고녀

가을 햇살이 며칠 따갑게 내리쬐다 비로 내리자 주변의 사물들이 깊어지는 듯하다. 우리는 다양한 미디어와 스마트폰으로 인해 말의 홍수 속에 살고 있어 의미보다 소리에 익숙하다. 잠시라도 소리를 지우고 자신을 들여다볼 필요가 있다. 소리가 지워질수록 생각도 깊어져 마음을 깊이 들여다보게 된다.

한자의 시(詩)는 말씀 언(言)과 절 사(寺)로 이루어져 있다. 시는 언어로 짓는 절이라는 것이다. 즉 언어로 종교성에 다가간다는 것을 의미한다. 종교가 함의하는 바가 개인마다 다를지라도 이를 통해 위로를 받거나 초월적인 힘을 느낄 것이다.

시는 산문과 다르게 긴장언어로 이루어진다. 독창적 이미지와 그에 부합된 운율이 사물과 정신에 투명성을 부여해 시성(詩性)을 이루어간다. 현대시는 리듬의 반복이 의미를 맺기도 하지만 무엇보다 이미지에 집중되어 있다. 시는 무엇을 쓰는가도 중요한 일이지만 그보다 무엇을 어떻게 쓰는가가 더 문제인데 이는 이미지를 통해 드러난다. 사르트르는 이미지를 의식의 한 형태로 본다. 달리 말하면 이미지는 육체의 감각을 통해 정신에 상이 맺히도록 자극하는 말이기 때문에 감각이나 감성보다는 정신에 호소한다는 것이다. 많은 평자들이 언어의 마술사라는 정지용은 감정을 절제하기 위해 이미지에 집중하였다. 우리가 잘 알고 있는 그의 〈유리창〉은 아이의 죽음을 다룬 시이지만 이미지를 통한 감정 절제가 잘 이루어진 시이다.

> 유리에 차고 슬픈 것이 어린거린다.
> 열없이 붙어서서 입김을 흐리우니
> 길들은 양 언 날개를 파닥거린다.
> 지우고 보고 지우고 보아도
> 새까만 밤이 밀려나가고 밀려와 부딪히고,
> 물먹은 별이, 반짝, 보석처럼 백힌다.
> 밤에 홀로 유리를 닦는 것은
> 외로운 황홀한 심사이어니,
> 고운 폐혈관이 찢어진 채로
> 아아, 늬는 산   새처럼 날러갔구나!
>
> 　　　　　　　　　　　　　　　－ 〈유리창〉

　시인은 죽은 아이를 고운 폐혈관이 찢어진 채로 날아간 산새로 그리고 있다. 시인이 추운 밤에 유리창에 붙어 서서 죽은 아이를 생각하자 찬 유리에 어린 입김을 통해 어깨를 파닥거리는 새를 본다. 겨울에 창문에 기대어 서서 성애 낀 유리창에 그림을 그린 기억은 누구나 있을 것이다. 아이와의 이별로 외로운 시인이 유리창 앞에 서서 아이를 생각하며 새를 그린다. 그 동안은 아이를 보는 듯 황홀했을 것이다. 그리고 아이는 산새처럼 날아갔다고 되어 있다. 이 시는 이미지로 전개되어 시인의 감정이 절제되어 아프게 표현되었다. 한 시 안에서 이미지는 같은 질감을 갖고 발전될 때 비유가 형성된다. 이미지가 역시 '새'로 형상화된 〈비〉를 보자.

돌에 그늘이 차고,
따로 몰리는
소소리바람.
앞서거니 하여
꼬리 치날리여 세우고,
종종 다리 깟칠한
산(山)새 걸음거리.

여울 지여
수척한 흰 물살,
갈갈이
손가락 펴고.
멎은 듯
새삼 돗는 비ㅅ낯
붉은 닢 닢
소란히 밟고 간다.

- 〈비〉

이 시는 앞에서는 비가 오는 것을 산새 걸음걸이로 묘사했지만 뒤에서 수척한 물살과 비를 갈갈이 손가락 편 것으로 묘사하고 있어 그 대상이 무엇인지 알 수가 없다. 그리고 마지막에 "멎은 듯/ 새삼 돋는 비ㅅ낯"이 잎 하나하나를 소란히 밟고 간다고 함으로 앞에서 새가 되었던 비가 뒤에서는 도로 비가 되어 의미를 맺지 못했다. 물론 이렇게 이미지가 맺히다가 중단되어도 시를 읽는 데 무리는 없다. 다만 시인은 시를 통해 그림 이상을 드러내지 않았다는 것이다. 그냥 비를 비라고 하거나 비 오는 것을 그림처럼 묘사만 한다면 시인이 시를 통해 말한 것은 무엇인가? 아름다운 풍경보다 시가 더 감동적인 것은 그림처럼 아름답기 때문이 아니라 시인의 시선과 의식 때문이 아닌가? 〈산에서 온 새〉를 보면 이미지의 역할을 알 수 있다.

> 새삼나무 싹이 튼 담우에
> 산에서 온 새가 울음 운다.
>
> 산엣 새는 파랑치마 입고,
> 산엣 새는 빨강모자 쓰고.
>
> 눈에 아름 아름 보고 지고.
> 발 벗고 간 누이 보고 지고.
>
> 따순 봄날 이른 아침부터
> 산에서 온 새가 울음 운다
>
>   - 〈산에서 온 새〉

산에서 온 우는 새는 "파랑치마"를 입고 "빨강모자"를 쓴 것으로 보아 파랑새이다. 그런데 시인은 그 새를 통해 발 벗고 간 누이를 본다. 파란 치마, 빨간 저고리를 입고 가난하게 시집 간 누이를 우는 새를 통해 그리고 있다. 새싹이 터오는 따뜻한 봄날 아침에 아이러니하게도 새 울음을 통해 울고 있을 누이를 떠올리며 시인은 누이에 대한 아픈 마음을 이미지화하였다. 이처럼 이미지는 사물을 통해 감정이나 정서를 내재화시켜 깊은 울림과 감동을 준다. 그러나 어긋난 이미지는 상을 맺지 못한다. 〈바람 1〉을 보자.

> 바람 속에 薔薇가 숨고
> 바람 속에 불이 깃들다.
>
> 바람에 별과 바다가 싯기우고
> 푸른 뫼ㅅ부리와 나래가 솟다.
>
> 바람은 音樂의 湖水.
> 바람은 좋은 알리움!
>
> 영원한 사랑과 眞理가 바람에 玉座를 고이고
> 커다란 하나와 永遠이 펴고 날다.
>
>   - 〈바람 1〉

　이 시는 바람을 그려내는 이미지가 연결되지 않고 분리되어 있다. 1연에서는 장미와 불의 이미지가 2연에서 물의 이미지와 산과 새가 보인다. 3연에서는 음악으로 4연에서는 영원으로 상이 연마다 다르게 나타난다. 바람의 이미지는 이렇다는 주장 이상의 의미는 없다. 즉 감동을 주기 전에 표현의 아름다움만 주고 시가 끝이 난다. 이렇게 각각 분리된 이미지는 의미를 맺지 못하고 이미지의 편린만 제공하기 때문에 시인이 '바람'이라는 사물을 통해 드러내고자 하는 의식을 그려볼 수가 없는데 요즈음 우리나라에 유행하는 시들에서 이러한 모습을 자주 본다. 요즈음 시들은 상이 전개되지 않아 무슨 말을 하는지 알 수 없는 경우가 많다. 각각 분리된 이미지가 어긋나 강한 표현만 남는다. 혹자는 현대시의 난해성을 보여주는 것이라 하지만 언어로 이루어진 시는 자극보다 감동을 줘야 하지 않을까? 분리된 이미지라도 할지라도 정지용 시인은 자신이 다루고 있는 사물의 현장과 체험을 통해 표현하고 있다. 그러나 요즘 유행하는 시는 사물과 분리된 언어만 남아 말로만 된 시들이다. 정지용은 이미지를 분리하여 의미를 맺지 않기도 하지만 이미지 자체만으로 완결된 표현을 하기도 한다. 말로만 된 요즈음 시와 구별되는 그의 힘은 현장의 구체성일 것이다. 기행시 〈백록담〉의 첫 부분이다.

절정에 가까울수록 뻐국채꽃 키가 점점 소모된다. 한 마루 오르면 허리가 스러지고 다시 한 마루 위에서 모가지가 없고 나중에는 얼굴만 갸웃 내다본다. 화문(花紋)처럼 판 박힌다. 바람이 차기가 함경도 끝과 맞서는 데서 뻐국채 키는 아주 없어지고도 팔월 한철엔 흩어진 성진(星辰)처럼 난만하다. 산 그림자 어둑어둑하면 그러지 않아도 뻐국채 꽃밭에서 별들이 켜든다. 제자리에서 별이 옮긴다. 나는 여기서 기진했다.

- 〈백록담〉 부분

산의 높이를 뻐꾹채라는 식물을 중심으로 구체적으로 묘사했다.

높이 올라갈수록 크기도 작아지고 개체 수도 줄어든 뻐꾹채를 한 마루 오르면 허리가 스러지고 그 다음에는 모가지가 없고 그 나중에는 듬성듬성 보이다가 아주 땅에 붙어버려 화문처럼 판 박힌다고 표현하였는데 산의 높이를 식물의 키와 반비례하여 이미지화한 것이 압권이다. 이 시는 산을 오르면서 본 것을 중심으로 한 묘사적 이미지만으로 이루어져 있다. 의미는 없다. 그러나 우리나라에서 한라산 기행시를 정지용보다 잘 쓸 수 있는 시인은 없을 것이다. 대학원 때 잠시 박두진 선생님의 수업을 들은 적이 있었는데 박 선생님은 정지용 시인을 최고로 꼽으셨다. 물론 정지용 시인이 당신을 《문장》지에 추천하셔서 그럴 수 있겠다고 생각도 했지만 가감 없이 생각해봐도 우리 시에서 이미지는 정지용에 의해서 완성되었다고 해도 과언이 아닐 것이기 때문이다. 〈장수산 1〉을 보면 확실히 숙연해진다.

> 벌목정정(伐木丁丁) 이랬더니 아람도리 큰 솔이 베혀짐즉도 하이 골이 울어 멩아리 소리 쩌르렁 돌아옴즉도 하이 다람쥐도 좇지 않고 묏새도 울지 않어 깊은 산 고요가 차라리 뼈를 저리우는데 눈과 밤이 조히보담 희고녀! 달도 보름을 기달려 흰 뜻을 한밤 이 골을 걸음이란다? 웃절 중이 여섯 판에 여섯 번 지고 웃고 올라간 뒤 조찰히 늙은 사나이의 남긴 내 음새를 줏는다? 시름은 바람도 일지 않는 고요에 심히 흔들리우노니 오오 견디란다 차고 올연(兀然)히 슬픔도 꿈도 없이 상수산 속 겨울 한밤내―
>
> ― 〈장수산 1〉

눈이 많이 내려 쌓인 눈의 무게를 감당하지 못한 큰 소나무가 우지끈 뿌러지자 그 큰 소리가 고요한 한겨울 밤 골짜기를 울리면서 시가 시작된다. 긴 여운이 사라진 뒤 뼈에 스밀 정도로 고요하다. 달빛에 반사 된 눈으로 온통 하얀 밤, 달도 보름달이라 얼마나 밝으면 종이보다 희다고 했을까? 시인은 "달도 보름을 기다려 흰 뜻은 한밤 이골을 걸어보라고?"라고 묻는다. 즉 보름달이 차기까지 한 달을 기다려서 눈부시게 밝은 달빛에 홀려 눈이 내린 골짜기를 걷지 않고는 배기지 못하겠다는 것을 억양법으로 드러냈다. "달도 보름을 기다려 흰 뜻"은 이성적 표현인데 "한밤 이골을 걸음이랏다"는 정서적 표현이다. 이미지의 특징을 잘 드러내는 구절이다. 달빛에 끌려 걷지 않을 수 없어 그 밤에 웃절 중이 내려왔다. 그리고 장기를 여섯 판 두고 여섯 판을 모두 져도 웃다가 그는 돌아갔다. 시인은 다시 고요한 가운데 그를 떠올리는 순간을 "사나이의 조찰한 내음새를 줍는다?"라고 구체적이고 직접적으로 표현했다. 한겨울 장수산에서의 시인의 상태는 "차고 올연히"로 보아 극한의 고독과 추위 속에 놓여 있다는 것을 알 수 있다. 시름은 바람도 일지 않는 고요에도 심히 흔들린다는 표현도 아이러니적이다. 시인은 이 고요한 가운데 시름으로 심히 흔들리지만 슬픔도 꿈도 없이 견디는 그것에만 집중하겠다는 의지를 드러낸다. 결국 이 시는 한겨울 고요와 고독 속의 절대적 인내를 드러낸다.

수업 시간에 박두진 선생님은 흰색 이미지가 어떻고 동양적 이미지가 어떻고 하는 나에게 그냥 시를 읽으라고 하셨다. 시를 느끼라는 것이었을 것이다. 박 선생님은 이 시를 의미와 표현이 아름답게 아물린 최고의 시로 보셨다. 정지용 시인을 잘 아시는 박두진 선생님의 의도를 이제야 알 것 같다. 정지용의 완성도 높은 시는 시 쓰는 사람들에게 시를 통해 느끼고 행복해질 수 있는 비결을 보여준다. 이번에 가수 밥 딜런의 노벨 문학상 수상에 대해 문학의 위기를 이야기하는 사람도 있었는데 원로 평론가 김우창 선생님의 말은 많은 생각을 하게 한다.

"사람 마음 깊은 곳에 인생에 대한 깨달음을 얻고 싶은 욕구는 부정할 수가 없지요. 그리스 시인 호머와 사포까지 거슬러 가지 않더라도 음악과 시는 초월적인 전체성과 관계되잖아요. 딜런의 수상은 문학이 본성을 회복할, 어떤 예감을 줍디다. 절대적 선율을 듣고 받아 적어 노래한다는 점에서, 시인이든 가수든 그 본질은 같으니까요."

정지용의 시는 리듬이 아닌 이미지로 시가 지니는 절대적 선율에 다가갔다.

8
백 석

드물고 굳고 정한 갈매나무

  팔월이 되면서 연일 36도가 넘는 폭염 속에서 자주 메밀국수나 평양냉면을 먹으면서 더위를 떨쳐보려 했다. 그 때마다 생각나는 시인이 있었다. 얼마나 국수를 좋아했는지 백석의 시에는 국수가 여러 번 등장한다. 특히 〈국수〉에는 긴 서사와 함께 꿩국, 김치 가재미국, 동티(치)미국에 국수를 말아먹는 정주 지방의 풍습이 나온다. 물론 그는 음식을 통해 그리움이라는 정서를 감각적으로 그리지만, 시의 음식은 정서 이상의 힘을 갖는다. 국수는 "대대로 나며 죽으며 죽으며 나며 하는 이 마을 사람들의 의젓한 마음을 지나서 텁텁한 꿈을 지나서" 온다. 또 먼 옛적 큰아버지가 오는 것같이 온다고 한다. 음식에는 내력이 있어 지역마다 풍습이 있고 습관과 맛이 다른데 백석은 누구나 먹었을 음식에서 오랜 시간 감겨 있는 그 지역 사람들의 꿈과 삶을 느낀다. 그리고 특정한 음식을 통해 그 사람을 떠올리며 그리워한다. '붕어곰'도 사연이 있는 음식일 것이다.

"호박잎에 싸오는 붕어곰은 언제나 맛있었다"〈주막〉첫 구절이다. 붕어곰을 모르는 필자도 호박잎에 싸온 음식을 눈앞에 보듯이 침을 삼키며 시를 읽는다. 특히 어린 시절에 붕어곰(붕어를 오랜 시간 곤 음식)을 먹어본 사람은 이 시를 더욱 맛있게 읽을 것이다. 시인은 붕어곰을 떠올리며 음식을 파는 주막을 얘기하고 있다.

　　부엌에는 빨갛게 질들은 八모알상이 그 상 우엔 새파란 싸리를 그린 눈알만한 잔이 뵈였다.

　　아들아이는 범이라고 장고기를 잘잡는 앞니가 버드러진 나와 동갑이었다.

　　울파주 밖에는 장꾼들을 따라와서 엄지의 젓을 빠는 망아지도 있었다.

　　　　　　　　　　　　　　　　　　　　　　　　－〈주막〉부분

맛있게 시에 빠져들면 "질들은 팔(八)모알상"이 길도 아니면서 집도 아닌 수많은 사람들이 스쳐간 주막집의 애환과 정서를 느끼게 한다. 그 위에 얹혀 있는 새파란 싸리를 그린 눈알 만한 잔은 술잔에 닿았다 사라진 사람들을 촉감적으로 떠오르게 한다. 밥도 먹고 술도 먹을 수 있는 주막집, 그 주인 아들은 시인인 '나'와 동갑이다. 시인은 주인 아들아이 범이 얘기를 하다가 자신을 묘사하고 있다. 처음에는 장고기를 잘 잡는 앞니가 버드러진 이가 주인집 아들로 읽히는데 다시 읽어야 '나'로 제대로 읽을 수 있다. 붕어곰의 재료가 되는 장고기를 잘 잡는 나와의 관계도 주막과 붕어곰의 정서적 연결도 보여주지 않는다. 다만 시인은 자신에게 시선을 돌리게 하나 자신을 별 매력 없이 묘사한다. 또 주막집 아들은 이름 외에는 아무런 특징도 없으나 젖을 빠는 망아지와 연결되어 연민만 남긴다.

첫 행의 소박하고 오랜 시간 정성을 들인 붕어곰이 감각적으로 다가오는 동안 시인은 에미를 따라오지 않고 장꾼을 따라와 엄지(에미)의 젖을 빠는 망아지에게 시선이 머문다. 주막은 장꾼들이 묵어가는 곳이다. 주인 아들은 시적 화자(시인)와 나이가 같은데 누구의 관심도 받지 않고 그냥 있다. 장꾼 따라 움직이는 망아지처럼. 장꾼들은 말을 팔 것이다. 엄지(말)와 이별한 망아지는 다시 장꾼을 따라 떠나가야할 것이다. '엄지의 젖을 빨고 있는 망아지도 있다'는 표현에 시인의 안타까움이 스친다. 동갑내기 범이에게 느끼는 정서도 같을 것이다. 백석은 많은 말을 하는 듯하나 구체적으로 정서는 환기만 시키고 직접 언급하지 않는다. 백석이 지니는 생명에 대한 애정은 담담하게 표현되었지만 절실하게 드러난다.

> 명절날 나는 엄마 아배 따라 우리집 개는 나를 따라 진할머
> 니 진할어비가 있는 큰집으로 가면

> 얼굴에 별자국이 솜솜난 말수와 같이 눈도 껌벅거리는 하
> 루에 배 한 필을 짠다는 벌 하나 건너 집엔 복숭아나무가 많
> 은 신리고무 고무의 딸 이녀 작은 이녀
> 열여섯에 사십이 넘은 홀아비의 후처가 된 포족족하니 성이
> 잘 나는 살빛이 매감탕 같은 입술과 젖꼭지는 더 까만 예수쟁
> 이마을 가까이 사는 토산고무 고무의 딸 승녀 아들 승동이
> 육십리라고 해서 파랗게 뵈이는 산을 넘어 있다는 해변에

서 과부가 된 코끝이 빨간 언제나 흰옷이 정하든 말끝에 섧게 눈물을 짤 때가 많은 큰골 고무 고무의 딸 홍녀 아들 홍동이 작은 홍동이

배나무접을 잘하는 주정을 하면 토방돌을 뽑는 오리치를 잘 놓는 먼섬에 반디젓 담그려 가기를 좋아하는 삼촌 삼촌엄매 사춘누이 사춘동생들

이 그득히들 할머니 할아버지가 있는 안간에들 모여서 방안에서는 새 옷의 내음새가 나고

또 인절미 송구떡 콩가루차떡의 내음새도 나고 끼때의 두부와 콩나물과 뽂은 잔디와 고사리와 도야기비계는 모두 선득선득하니 찬 것들이다

저녁술을 놓은 아이들은 외양간섶 밭마당에 달린 배나무동산에서 쥐잡이를 하고 숨굴막질을 하고 꼬리잡이를 하고 가마타고 시집가는 놀음 말 타고 장가가는 놀음을 하고 이렇게 밤이 어둡도록 북적하니 논다

밤이 깊어가는 집 안엔 엄매는 엄매들끼리 아르간에서들 웃고 이야기하고 아이들은 아이들끼리 웃간 한 방을 잡고 조아질하고 쌈방이 굴리고 바리깨돌림하고 호박떼기하고 제비손이구손이하고 이렇게 화디의 사기방등에 심지를 몇 번이나 돋우고 홍게닭이 몇 번이나 울어서 졸음이 오면 아릇목싸움 자리싸움을 하며 히드득거리다 잠이 든다 그래서는 문창에 텅납새의 그림자가 치는 아침 시누이 동세들이 욱적하니 흥성거리는 부엌으론 샛문 틈으로 장지문 틈으로 무이징게국을

끓이는 맛있는 내음새가 올라오도록 잔다

- 〈여우난골족〉

이 시에서도 백석을 느낄 수 있다. 명절날 진할아버지 집에 갈 때 잊지 않고 우리집 개를 데려가는 백석의 따뜻한 마음과 어린 시절의 행복이 느껴진다. 명절날 '여우난골'에서 태어난 아버지 형제들과 그 식솔들이 다 같이 모여서 흥성거렸던 기억을 시화하였다. 사촌들과 놀다 새벽닭이 울고 나서야 자리싸움하다 겨우 잠들었다가 무이징게국 냄새에 잠을 깼던 그리운 시간을 얘기하고 있지만 시인은 감정을 밖으로 드러내지 않는다. 이 시도 음식의 구체적 감각을 통해 그리움이 번진다.

차디찬 아침인데
묘향산행 승합자동차는 텅하니 비어서
나이 어린 계집아이 하나가 오른다
옛말속같이 진진초록 새 저고리를 입고
손잔등이 밭고랑처럼 몹시도 터졌다
계집아이는 자성(慈城)으로 간다고 하는데
자성은 예서 삼백오십리 묘향산 백오십리
묘향산 어디메서 삼촌이 산다고 한다
쌔하얗게 얼은 자동차 유리창 밖에
내지인 주재소장 같은 어른과 어린아이 둘이 내임을 낸다
계집아이는 운다 느끼며 운다
텅 비인 차안 한구석에서 어느 한 사람도 눈을 씻는다
계집아이는 몇해고 내지인 주재소장 집에서
밥을 짓고 걸레를 치고 아이보개를 하면서

이렇게 추운 아침에도 손이 꽁꽁 얼어서
찬물에 걸레를 쳤을 것이다

　　　　　　　　　　　　　　　　　　　- 〈팔원〉

　　시인은 추운 겨울날 아침 나이 어린 여자아이가 손잔등이 밭고랑처럼 터진 채로 승합차를 타고 자성으로 간다는 것을 보면서 마음이 아파 시로 쓴 것이다. 팔원에서 백오십 리 떨어진 묘향산 어디에는 삼촌이 산다고 하지만 여자아이는 이 곳을 지나 자성으로 간다. 이 아이에게는 부모를 포함한 혈족은 의미가 없다. 몇 해 동안 내지인 주재소장 집에서 밥 짓고 아이 보고 걸레 치는 일을 하다가 내지인 주재소장이 일본으로 돌아가는지 자성으로 보내지고 있다. 아이는 이별의 슬픔과 두려움에 울고 있었을 것이다. 추운 겨울날 아침에 누구를 만날지도 모르고 어디인지도 모르는 곳으로 가서 식모살이를 해야 하는 어린 아이의 불안과 슬픔은 텅 빈 승합차를 새하얗게 얼어붙게 할 정도다. 시인은 "텅 비인 차안 한구석에서 어느 한 사람도 눈을 씻는다"로 아픈 마음을 표현할 뿐 자신의 감정을 드러내지 않는다

옛성(城)의 돌담에 달이 올랐다
묵은 초가지붕에 박이
또 하나 달같이 하이얗게 빛난다
언젠가 마을에서 수절과부 하나가 목을 매여 죽은 밤도
이러한 밤이었다

　　　　　　　　　　　　　　　　　　　- 〈흰밤〉

　　세 개의 달이 보인다. 처음 달은 퇴락한 옛 성 위에 하얗게 올라가 있다. 뭔가 슬프고 처연하다. 묵은 초가지붕에도 둥근 박도 달처럼 하

얗게 빛나고 있다. 초가지붕의 이엉을 새로 얹지 못했다는 것은 농사를 짓지 않았다거나 형편이 어렵다는 것을 말한다. 옛 성 위의 달처럼 처연하고 처량한 아픔을 느끼게 한다. 세 번째 달은 목을 맨 수절 과부의 얼굴이다. 세 번에 걸친 퇴락하고, 쇠락한 공간과 한스러운 삶에서 떠오른 둥근 이미지의 중첩은 죽음이 하얗게 차오른 밤을 보여준다. 감정을 이미지로만 드러내고 있다.

어느 사이에 나는 아내도 없고, 또,
아내와 같이 살던 집도 없어지고,
그리고 살뜰한 부모며 동생들과도 멀리 떨어져서,
그 어느 바람 세인 쓸쓸한 거리 끝에 헤메이었다.
바로 날도 저물어서,
바람은 더욱 세게 불고, 추위는 점점 더해 오는데,
나는 어느 목수네 집 헌 삿을 깐,
한 방에 들어서 쥔을 붙이었다.
이리하여 나는 이 습내 나는 춥고, 누긋한 방에서,
낮이나 밤이나 나는 나 혼자도 너무 많은 것같이 생각하며,
딜옹배기에 북덕불이라도 담겨 오면,
이것을 안고 손을 쬐며 재 우에 뜻없이 글자를 쓰기도 하며,
또 문밖에 나가디두 않고 자리에 누워서,
머리에 손깍지벼개를 하고 굴기도 하면서,
나는 내 슬픔이며 어리석음이며를 소처럼 연하여 쌔김질하
는 것이었다.
내 가슴이 꽉 메어 올 적이며,
내 눈에 뜨거운 것이 핑 괴일 적이며,

또 내 스스로 화끈 낯이 붉도록 부끄러울 적이며,

나는 내 슬픔과 내 어리석음에 눌리어 죽을 수밖에 없는 것을 느끼는 것이었다.

그러나 잠시 뒤에 나는 고개를 들어,

허연 문창을 바라보든가 또 눈을 떠서 높은 턴정을 쳐다보는 것인데,

이 때 나는 내 뜻이며 힘으로, 나를 이끌어 가는 것이 힘든 일인 것을 생각하고,

이것들보다 더 크고, 높은 것이 있어서, 나를 마음대로 굴려 가는 것을 생각하는 것인데,

이렇게 하여 여러 날이 지나는 동안에,

내 어지러운 마음에는 슬픔이며, 한탄이며, 가라앉을 것은 차츰 앙금이 되어 가라앉고,

외로운 생각만이 드는 때쯤 해서는,

더러 나줏손에 쌀랑쌀랑 싸락눈이 와서 문창을 치기도 하는 때도 있는데,

나는 이런 저녁에는 화로를 더욱 다가 끼며, 무릎을 꿇어 보며,

어니 먼 산 뒷옆에 바우섶에 따로 외로이 서서,

어두어 오는데 하이야니 눈을 맞을, 그 마른 잎새에는,

쌀랑쌀랑 소리도 나며 눈을 맞을,

그 드물다는 굳고 정한 갈매나무라는 나무를 생각하는 것이었다.

　　　　　　　　　　　　　　－ 〈남신의주 유동 박시봉방〉

위 시는 자신의 처량하고 고독한 상황을 수필처럼 고백하고 있다. 고통의 원인을 자신에게 돌리어 자신의 슬픔과 어리석음을 되새김하며 괴로워하고 있다. 그리고는 갈등을 죽을 정도로 심하게 느끼다가 인생을 깨닫는다. "내 뜻이며 내 힘으로 나를 이끌어 가는 것이 힘"들다는 것과 "이것들보다 더 크고, 높은 것이 있어서 나를 마음대로 굴려가는 것을 느끼는" 시인은 외로운 생각이 들어 마음을 정리한다. 그리고 "드물고 굳고 정한 갈매나무" 같은 인간이 될 것을 다짐한다. 이 시는 이미지나 리듬이 밖으로 드러나지 않는다. 일기처럼 상황을 고백하는 산문 형식에 이미지를 결합시키고 있다. 고백이기 때문에 앞의 시와 달리 감정이 밖으로 드러나나 이미지로 표현되므로 감정이 정신화되었다. 요즈음 수필이나 일기와 같은 형식으로 시를 쓰는 것이 대세일지 몰라도 백석의 시와는 다르다. 백석은 고백의 형식을 가져왔지만 전체적으로 시를 연결하여 마지막에 상징에 가까운 은유를 이용했다. 그는 자신에 대한 고통도 생명 하나하나에 대한 애정도 시로 만들었다. 음식의 맛까지도. 요즈음 시는 다른 생명에 대한 애정에도 자신의 고통에 대한 고백에도 절제가 없어 말은 많으나 깊은 감동을 느낄 수가 없다. 우리 시가 어느 때부터인가 과장이 심하고 수다스러워졌다.

백석의 시대에서 시간이 많이 흘렀다. 시에는 진보가 없다, 삶에 진보가 없듯이. 만약 있다면 자신답게 뜨겁게 사는 것일 것이다. 그것은 앞선 시인의 상상력을 변형시키면서 자신의 개성을 드러내는 것일 것이나 엘리어트의 말대로 시의 미덕은 절제인 것 같다.

9

이용악

울 줄을 몰라 외로운

새하얀 눈송이를 낳은 뒤 하늘은 은어의 향수처럼 푸르다
얼어 죽은 山토끼처럼 지붕 지붕은 말이 없고 모진 바람이
굴뚝을 싸고 돈다 강 건너 소문이 그 사람보다도 기다려지는
오늘 폭탄을 품은 젊은 사상이 피에로의 비가에 숨어 와서 유
령처럼 나타날 것 같고 눈 위에 크다아란 발자욱을 또렷이 남
겨 줄 것 같다 오늘

— 〈국경〉

눈과 설렘, 침묵과 모진 바람. 함경북도 경성이 고향인 이용악은
춥지만 눈이 내린 아름다운 풍경 속에 소리없이 배태된 긴장과 불안
을 국경이라는 경계지대를 통해 드러낸다. 시인은 사람보다 더 빨리
사상이 유령처럼 나타나 역사에 오랫동안 확실하게 작용할 것을 예견
한다. 피에로의 비가에 숨어들어온 폭탄을 품은 젊은 공산주의 사상은

당시 국경지대에 사는 사람들의 불안한 삶에 긴장감까지 팽창시키고 있었던 것 같다.

　1937년의 이 작품은 이용악이 국경지대에 살면서 간도로 연해주로 떠나가는 가난하고 불안한 사람들을 보기도 했지만 실제로 그의 부모가 생계를 위해 러시아 우스리스크나 블라디보스토크를 넘나들면서 장사(밀수업)를 했으므로 불안하고 초조한 삶을 살았던 것과도 관련된다. 환경적으로 민족적 조건과 역사와 관련하여 살아낼 수밖에 없었던 이용악은 우리 시사에서 일제강점기의 민족의 유이민 현상을 다룬 시인으로서도 의미가 크지만 감정 절제와 이미지 표현에서도 이상적인 모습을 보여준다.

　　　우리 집도 아니고
　　　일갓집도 아닌 집
　　　고향은 더욱 아닌 곳에서
　　　아버지의 침상(寢床) 없는 최후(最後)의 밤은
　　　풀벌레 소리 가득 차 있었다

　　　노령(露領)을 다니면서까지
　　　애써 자래운 아들과 딸에게
　　　한마디 남겨 두는 말도 없었고
　　　아무을만(灣)의 파선도
　　　설룽한 니코리스크의 밤도 완전히 잊으셨다

　　　목침을 반듯이 벤 채
　　　다시 뜨시잖는 두 눈에

피지 못한 꿈의 꽃봉오리가 갈앉고
얼음장에 누우신 듯 손발은 식어 갈 뿐
입술은 심장의 영원한 정지를 가르쳤다
때늦은 의원이 아무 말 없이 돌아간 뒤
이웃 늙은이 손으로
눈빛 미명은 고요히
낯을 덮었다

우리는 머리맡에 엎디어
있는 대로의 울음을 다아 울었고
아버지의 침상(寢床) 없는 최후(最後)의 밤은
풀벌레 소리 가득 차 있었다
　　　　　　　 - 〈풀벌레 소리 가득 차 있었다〉

　아버지의 죽음을 다룬 시이다. 노령(러시아령)을 다니면서 애를 쓰며 키운 아들과 딸에게 한마디 말도 하지 못하고 돌아가신 아버지의 침상 없는 최후의 밤을 보면서 이용악이 지운 것은 "아무울만의 파선"과 "니코리스크의 밤"이다. 아무울만은 블라디보스토크 서편을 두른 바다이고 니코리스크는 우수리의 강변 우수리스크로 시인은 이국땅 장삿길에서 돌아가신 어버지의 평생에 피지 못한 꽃망울을 다시는 뜨지 못하는 눈에 가라앉히고 아버지의 머리맡에 엎디어 운다. 그런데 있는 대로 울음을 다 울었다는 이 극한 슬픔을 "풀벌레 소리 가득 차 있었다"라는 이미지로 첫 연과 끝 연에 반복하여 자연화하고 있다. 이용악의 감정처리 방식은 다음에서도 같이 나타난다.

달빛 밟고 머나먼 길 오시리

두 손 합쳐 세 번 절하면 돌아오시리

어머닌 우시어

밤내 우시어

새하얀 박꽃 속에 이슬이 두어 방울

〈달 있는 제사〉

한밤중에 객사한 아버지의 제사를 지내는 동안 어머니는 얼마나
많은 눈물을 흘리셨을까? 그런데 어머니가 밤새 우시는데 눈물은 새
하얀 박꽃이 대신 흘리고 있다. 눈물이 이슬이 되었다. 이용악은 감정
을 절제하는 것으로 그치지 않고 인간을 자연의 일부로 돌리고 객관
화시키고 있다.

아버지도 어머니도

젊어서 한창땐

우라지오로 다니는 밀수꾼

눈보라에 숨어 국경을 넘나들 때

어머니의 등골에 파묻힌 나는

모든 가난한 사람들의 젖먹이와 다름없이

얼마나 성가스런 짐짝이었을까

〈우리의 거리〉 부분

어머니, 아버지에 대한 시인의 가슴 아픈 애정이 드러나는 부분이
지만 시인은 어머니의 등골에 파묻혔던 자신조차도 성가스런 짐짝으

로 객관화하고 있다. 우라지오는 일본어 '우라지오스토쿠(ウラジオスト
ク)'를 줄인 것으로 블라디보스토크(Владивосток)를 말한다. 블라
디보스토크로 들어가는 러시아의 국경을 넘어 밀수를 하면서 지내는
사람들의 불안과 긴장감보다도 더 고통스러운 것은 가난한 생활이었
을 것이다. 함경북도 국경 근처에 살았던 사람들에게는 이러한 삶이
특별하지 않았을 것이다. 이용악과 같은 경성 출신 김동환의 〈국경의
밤〉에서도 주인공 순이의 남편은 소금을 밀수출한다. 이 시도 그 불안
과 긴장감에서 시작되고 다음날 남편이 주검으로 돌아온 것으로 끝이
난다. 밤사이 순이의 첫사랑 청년이 찾아오지만 순이는 그를 거절한
다. 그 둘은 순이가 여진의 후손이기 때문에 맺어질 수가 없었다. 함
경도 국경지대에 사는 여진의 후예는 몇 백 년이 지나도 따돌림을 받
아온 것이다. 이 불합리한 슬픔을 이용악은 〈오랑캐꽃〉에서 노래한다.

아낙도 우두머리도 돌볼 새 없이 갔단다
도래샘도 띳집도 버리고 강 건너로 쫓겨 갔단다
고려 장군님 무지무지 쳐들어 와
오랑캐는 가랑잎처럼 굴러갔단다

구름이 모여 골짝 골짝을 구름이 흘러
백 년이 몇백 년이 뒤를 이어 흘러갔나

너는 오랑캐의 피 한 방울 받지 않았건만
오랑캐꽃
너는 돌가마도 털메투리도 모르는 오랑캐꽃
두 팔로 햇빛을 막아 줄게

울어 보렴 목 놓아 울어나 보렴 오랑캐꽃

　　　　　　　　　　　　　　　　- 〈오랑캐꽃〉

　그동안 많은 사람들은 이 시를 일제강점기에 북방으로 쫓긴 우리 민족의 수난을 그린 시로 혹은 일제가 물러갈 것을 이미지화한 것으로 읽었다. 이용악이 민족의 수난을 시로 형상화하는 시인이므로 그의 모든 시를 그렇게 읽고자 했던 것 같다. 그러나 앞에서 살핀 이용악의 삶의 환경을 염두에 두지 않더라도 시를 있는 그대로 따라 읽으면 이 시에 대한 그동안의 해석은 시를 시로 읽기보다는 주장으로 읽었다고 할 수 있다. 시를 그대로 읽어보자. 1연은 고려장군들이 몰려와서 오랑캐들이 중요한 것들을 두고 허둥지둥 두만강을 건너간 것을 보인다. 2연은 몇 백 년의 세월이 흘렀다고 한다. 3연은 오랑캐의 피 한 방울 받지 않고 그들의 문화도 전혀 모르는 '너'가 받아온 오랜 설움을 위로하고 싶은 시인의 마음을 드러낸다. 이 시에서 시인은 '너'와 분리된 존재이므로 '너'는 시인과 같은 상황이 아니다. 특히 제사(題詞)로 쓴 "— 긴 세월을 오랑캐와의 싸움에 살았다는 우리의 머언 조상들이 너를 불러 '오랑캐꽃'이라고 했으니 어찌 보면 너의 뒷모양이 머리태를 드리인 오랑캐의 뒷머리와도 같은 까닭이라 전한다"를 보면 오랑캐꽃(제비꽃)이라는 이름은 꽃잎의 무늬가 오랑캐의 뒷머리 모양과 같아 붙인 말에 지나지 않는다는 사실에서 시가 출발되었음을 알려준다.

　함경도 변방에서 살아내기 위해 불안과 긴장 속에서 국경을 넘나드는 이들 가운데 시인은 오랜 세월이 흘렀음에도 여진족의 후예로 구별하기 위해 머리를 깎고 차별을 받으면서 살아내는 사람들을 보았을 것이다. 시인은 오랑캐꽃을 통해 이들에 대한 연민을 드러내고 그들을 위로한 것이다. 똑같이 가난하고 고통스러운 삶을 영위하는 사람들끼리 몇 백 년 전에 다른 종족이었을 것이라는 사실로 차별하는 일은 슬픈 일이다. 시인으로 이용악은 가난한 이 땅에 사는 모두의 슬픔을 안타까워했다. 그렇기 때문에 누군가의 고통이 그의 고통이 될 수 있었고 모두의 고통이 될 수 있었다. 이용악의 대표작 〈낡은 집〉을 보자.

"털보네는 또 아들을 봤다우
송아지래두 불었으면 팔아나 먹지"
마을 아낙네들은 무심코
차거운 이야기를 가을 냇물에 실어보냈다는
그날 밤
저릏등이 시름시름 타들어가고
소주에 취한 털보의 눈도 일층 붉더란다

갓주지 이야기와
무서운 전설 가운데서 가난 속에서
나의 동무는 늘 마음 졸이며 자랐다
당나귀 몰고 간 애비 돌아오지 않는 밤

노랑고양이 울어 울어
종시 잠 이루지 못하는 밤이면
어미 분주히 일하는 방앗간 한구석에서
나의 동무는
도토리의 꿈을 키웠다

그가 아홉살 되던 해

사냥개 꿩을 쫓아다니는 겨울
이 집에 살던 일곱 식솔이
어데론지 사라지고 이튿날 아침
북쪽을 향한 발자욱만 눈 우에 떨고 있었다

더러는 오랑캐령 쪽으로 갔으리라고
더러는 아라사로 갔으리라고
이웃 늙은이들은
모두 무서운 곳을 짚었다

지금은 아무도 살지 않는 집
마을서 흉집이라고 꺼리는 낡은 집
제철마다 먹음직한 열매
탐스럽게 열던 살구
살구나무도 글거리만 남았길래
꽃피는 철이 와도 가도 뒤울안에
꿀벌 하나 날아들지 않는다

– 〈낡은 집〉 부분

　　시로 현실을 반영하는 단편서사시인 이 시는 마을서 흉집이라고
꺼리는 낡은 집이 나의 싸릿말 동무의 집이었다는 이야기로 시작한
다. 나의 싸릿말 동무는 태어날 때부터 가난 때문에 송아지보다 못한
취급을 받았다. 나의 동무는 가난 속에서 늘 마음 졸이며 자랐지만 아
이였기 때문에 도토리만큼이나 작은 꿈도 꾸었다. 그러나 그가 아홉
살 되던 해 추운 겨울날 밤중에 싸릿말 식구들이 모두 떠났다. 이웃

노인들은 더러는 오랑캐령으로 더러는 아라사로 갔을 것으로 이야기
하나 시적 화자인 나는 믿고 싶지 않고 무서운 그 곳으로 나의 동무가
가지 않으면 좋겠다는 마음을 드러낸다. 사람이 떠난 낡은 집과 뒤울
안 그루터기만 남은 살구나무는 은유적으로 처리되었다. 시인은 이러
한 현실을 꽃도 피지 않고 꿀벌 하나 날아들지 않아 열매를 맺지 못하
는 자연의 상황으로 보여준다.

　　　나는 죄인처럼 숙으리고
　　　나는 코끼리처럼 말이 없다
　　　두만강 너 우리의 강아
　　　너의 언덕을 달리는 찻간에
　　　조고만한 자랑도 자유도 없이 앉았다

　　　아모것두 바라볼 수 없다만
　　　너의 가슴은 얼었으리라
　　　그러나
　　　나는 안다
　　　다른 한 줄 너의 흐름이 쉬지 않고
　　　바다로 가야 할 곳으로 흘러내리고 있음을

　　　지금
　　　차는 차대로 달리고
　　　바람이 이리처럼 날뛰는 강 건너 벌판엔
　　　나의 젊은 넋이
　　　무엇인가 기다리는 듯 얼어붙은 듯 섰으니

욕된 운명은 밤 위에 밤을 마련할 뿐

잠들지 마라 우리의 강아
오늘밤도
너의 가슴을 밟는 뭇 슬픔이 목마르고
얼음길은 거칠다 길은 멀다

길이 마음의 눈을 덮어줄
검은 날개는 없느냐
두만강 너 우리의 강아.
북간도로 간다는 강원도치와 마주 앉은
나는 울 줄 몰라 외롭다.
                          - 〈두만강 너 우리의 강아〉

　　시인은 죄인처럼 고개를 숙이고 아무 자랑도 자유도 없이 두만강을 건너가는 기차에 앉아 있다. 그러나 시인은 아무것도 볼 수 없고 너(두만강)의 가슴이 얼었다는 것을 알지만 "다른 한 줄 너의 흐름이 쉬지 않고/ 바다로 가야 할 곳으로 흘러내리고 있음을" 또한 알고 있다. 겨울 강은 꽁꽁 얼어도 그 밑 어느 한 줄기는 쉬지 않고 바다로 흘러가는 것이 자연의 법칙이다. 시인은 강이 당연히 가야 할 곳인 바다로 흐르는 것처럼 우리의 두만강은 당연히 가야 할 곳인 민족의 자유로 흐르고 있다고 믿고 있다. 비록 오늘 밤도 너(두만강)의 가슴을 밟는 많은 사람들의 목마름과 갈 길 때문에 슬프고 마음이 아프지만 너는 잠들지 말고 우리를 지켜보라고 당부하고 있다. 그러나 두만강을 건너 북간도로 간다는 강원도 출신의 사람과 마주 앉은 '나'는 너무나 마음이 아파 "울 줄을 몰라 외롭다"고 현실을 고통스러워하고 있다.

이용악은 민족이 처한 불안과 긴장 속에서 자신의 정서를 객관화하고 자연의 일부로 확장시켰다. 자신의 감정에만 몰두해 있는 시인들이나 이데올로기적으로 시를 보려는 사람들이 이제는 속삭이는 생명 기운에 흔들리며 시인 이용악을 새롭게 만나면 좋겠다.

10

윤동주

아름다운 혼

　사막처럼 뜨거운 여름도 가을 햇살이 내릴 때쯤이면 그 기세가 바람으로 스밀 것을 기대하며 시간을 생각한다. 살아간다는 것은 공간을 차지하고 그 안에서 행동하는 것이지만 또 시간을 견뎌내는 일일 것이다. 그것은 윤동주가 〈서시〉에서 "하늘을 우러러 한 점 부끄러움 없기를/ 잎새에 이는 바람에도/ 나는 괴로워했다"는 것처럼 순결한 영혼을 갈망할 때 가능할지도 모른다. 지금은 이러한 순수성이 숨어버린 것 같다. 그래서 우리는 시간을 견디면서 더욱 혼동에 빠지는지도 모른다. 일제강점기에 태어난 시인 윤동주가 한 점 부끄러움 없는 삶을 살기 위해 선택한 방식은 무엇일까?

　　고향에 돌아온 날 밤에
　　내 백골이 따라와 한방에 누웠다.
　　어둔 방은 우주로 통하고

하늘에선가 소리처럼 바람이 불어온다.

어둠속에 곱게 풍화작용하는
백골을 들여다 보며
눈물 짓는 것이 내가 우는 것이냐
백골이 우는 것이냐
아름다운 혼이 우는 것이냐

지조 높은 개는
밤을 새워 어둠을 짖는다.

어둠을 짖는 개는
나를 쫓는 것일 게다.

가자 가자
쫓기우는 사람처럼 가자
백골 몰래
아름다운 또 다른 고향에 가자.

- 〈또 다른 고향〉

위 시는 윤동주 시 중에서 가장 강한 의미를 가진 시라고 볼 수 있다. 고향에 돌아온 날 밤에 백골이 따라와 한방에 누웠다는 1연에서 시적 화자는 고향에 백골을 데려오고 싶지 않았는데 어느새 백골이 따라와 한방에 누웠다는 것을 안타까워한다. 그래서 3연에 "백골을 들여다보며/ 눈물짓는 것이 내가 우는 것이냐/ 백골이 우는 것이냐/

아름다운 혼이 우는 것이냐"라고 함으로써 백골 때문에 눈물짓는 누군가가 있음을 보여준다. 백골, 나, 아름다운 혼. 사실 이 세 존재는 모두 시인이다. 시인은 현실적으로 안주하고자 하는 '육체적인 나'인 백골과 실제로 존재하는 '현재적인 나'와 '되고 싶은 나'인 아름다운 혼으로 자신을 세 존재로 나누었다. 이 셋은 욕망과 실제적인 나와 영혼의 갈망의 이름일 것이다. 그렇다면 이렇게 갈망하는 아름다운 혼은 무엇일까?

4연 "지조 높은 개는 밤을 새워 어둠을 짖는다"에서 보이는 '지조'는 뜻을 세워 굽히지 않고 끝까지 지켜나가는 의지를 말한다. 즉 지조는 정서적인 것이 아니라 가치나 정신적인 의미를 지키는 것으로 시인은 지조 높은 개가 밤을 새워 짖어서 어둠을 몰아내야만 아침이 온다는 것을 보여준다. 밤인 어둠은 저절로 물러가지 않고 지조 높은 개가 짖어서 몰아낼 때에야 물러가는 것으로 지조 높은 개가 짖지 않으면 아침은 오지 않는다. 그런데 5연에서 "어둠을 짖는 개는/ 나를 쫓는 것일 게다"로 보면 어둠을 쫓는 지조 높은 개에 의해 나도 쫓기고 있음을 보여준다. 그래서 마지막 연에 쫓기는 사람처럼 아름다운 또 다른 고향에 가자라고 하는데 백골 몰래 가자고 함으로써 백골이 어떤 존재인지 드러난다. 아마 또 다른 고향에 가도 백골은 따라와 한방에 누워 있을 것이다.

이 시에서 '고향'이나, '또 다른 고향'으로 가는 것은 공간적 이동이 아니라 매 순간 결단하는 시인의 의지를 의미한다. 누구나 현실적으로 백골같이 육신의 안락과 평안을 추구하고 싶은 욕망이 있다. 가치나 신념을 추구하는 사람조차도 언제나 흔들리지 않고 꿋꿋하게 추구할 수는 없을 것이다. 특히 일제강점기의 혹독한 억압 속에서 자유와 독립이라는 가치를 잊어버리고 산다면 몸은 고달프지 않을 것이다. 그러나 시인은 지조 높은 개가 밤을 새워 어둠을 짖지 않으면 아침이 올 수 없다는 것을 알기 때문에 지조 높은 개에 쫓기듯이 끊임없이 아름다운 혼을 지니려고 하는 것이다. 그러나 아름다운 고향에 가는 선택을 해도 백골은 옆에 와서 "뭘 그렇게 힘들게 살아, 그냥 편안하게 살지"라고 속삭이며 발목을 잡을 것이다. 백골은 시인이 아름다운 혼을 가지고 아름다운 고향에 가려고 의지적으로 결단해도 끊임없이 방해하는 육체적 욕망이고 인간의 연약함이다. 언제나 부끄러워하고 갈등하고 괴로워하는 다른 시들과 달리 이 시는 결단을 보여준다. 이 시도 갈등의 순간을 전제로 쓰고 있으나 끊임없이 선택과 결단을 보여주는 진행형으로 이루어졌다고 볼 수 있다. 마치 살아내는 일처럼. 이 시는 윤동주 시 중에서 가장 완성도가 높은 작품이라 하고 싶다.

> 인생은 살기 어렵다는데
> 시가 이렇게 쉽게 씌어지는 것은
> 부끄러운 일이다.
>
> 육첩방은 남의 나라
> 창밖에 밤비가 속살거리는데,
>
> 등불을 밝혀 어둠을 조금 내몰고,
> 시대처럼 올 아침을 기다리는 최후의 나,
>
> 나는 나에게 작은 손을 내밀어
> 눈물과 위안으로 잡는 최초의 악수.
>
> － 〈쉽게 씌어진 시〉 부분

위 시는 〈참회록〉이나 〈자화상〉에서처럼 시인이 자신을 부끄러워하는 내용을 다루고 있으나 최초로 자신을 인정하고 있다. 그가 자신을 인정하는 이유가 이 시를 쓰게 된 동기였을 것이다. 따라서 이 시는 시인이 고민하고 갈등하는 순간을 다루지 않고 그 문제에 대해 결론을 내리고 있다. 마지막 부분, 그는 "시대처럼 올 아침을 기다리는 최후의 나"라고 하면서 자신의 존재 이유를 규정한다. 일반적으로 비유를 쓸 때는 '아침처럼 올 시대'라고 하는데 이 시에서는 '시대처럼 올 아침'이라고 하였는데 시인은 밤이 지나면 당연히 오는 아침보다 더 자연스럽고 당연히 오는 것이 시대라고 보고 시대처럼 올 아침이라고 한 것이다. 그리고 시인은 그 아침을 기다리는 '최후의 나'라고 함으로써 자신의 의지를 보여준다. 그래서 마지막 연에서 나뉘었던 자아가 '눈물과 위안으로 잡는 최초의 악수'를 실행함으로써 갈등에서 벗어난 시인은 자신이 할 일을 명확하게 명명한다. 밤이 지나면 올 아침보다 더 당연하게 올 시대를 최후까지 기다리는 자신에 대한 확신은 다음 시에서 확인된다.

　　나는 무엇인지 그리워
　　이 많은 별빛이 내린 언덕 위에
　　내 이름자를 써 보고
　　흙으로 덮어 버리었습니다.

　　딴은 밤을 새워 우는 벌레는
　　부끄러운 이름을 슬퍼하는 까닭입니다.

　　그러나 겨울이 지나고 나의 별에도 봄이 오면

무덤 위에 파란 잔디가 피어나듯이

내 이름자 묻힌 언덕 위에도

자랑처럼 풀이 무성할 거외다.

– 〈별헤는 밤〉 부분

위 시는 하늘이 가을로 가득 찼다고 하나 창작일을 1941년 11월 5일로 밝힌 것으로 보아 가을에서 겨울로 계절이 바뀌어가는 어느 날 밤에 쓴 시이다. 이 시는 전체적으로 그리움을 드러내나 역시 시인은 자신을 부끄러워하고 있다. "나는 무엇인지 그리워/ 이 많은 별빛이 내린 언덕 위에/ 내 이름자를 써보고/ 흙으로 덮어 버리었습니다." 그리고 밤을 새워 우는 벌레도 부끄러운 이름이 슬퍼서 운다고 하였지만 겨울이 지나가고 봄이 오면 죽은 자의 무덤에도 잔디가 피어나듯이 시인의 이름자 묻힌 언덕에도 자랑처럼 풀이 무성할 것이라고 함으로써 시인은 자신의 이름이 봄이 오면 자랑스러워질 것이라고 말하고 있다. 시인은 〈쉽게 씌어진 시〉에서는 최후까지 시대를 기다리겠다는 의지를 지녔고 〈또 다른 고향〉에서는 밤을 새워 어둠을 짖는 지조 높은 개처럼 살아갈 자세를 지녔으므로 더 이상의 부끄러움은 느끼지 않는다. 일반적으로 윤동주의 시에서 서정성을 읽고, 맑고 투명한 기운을 읽을 수 있으나 그를 죽음으로 몰고간 구체적인 독립운동이나 저항을 읽을 수 없다고 한다. 그러나 〈또 다른 고향〉에 나타난 정신의 방향과 〈쉽게 씌어진 시〉나 〈별헤는 밤〉의 마지막 부분에 보이는 희망은 윤동주 시의 순수한 면을 아우른 그 의지의 절정을 드러낸다.

시 작법상으로 윤동주의 시 작품 중에서도 구체적인 시간과 공간을 제시하거나 배경으로 하는 시는 감동적인데 관념으로만 쓴 시는 의지는 강하게 나타나나 감동은 주지 않는다. 시인이 자신의 희생을 각오하는 대표적인 시를 보자.

쫓아오던 햇빛인데
지금 교회당 꼭대기
십자가에 걸리었습니다.

첨탑(尖塔)이 저렇게도 높은데
어떻게 올라갈 수 있을까요.

종소리도 들려오지 않는데
휘파람이나 불며 서성거리다가

괴로웠던 사나이,
행복한 예수 그리스도에게처럼
십자가가 허락된다면

모가지를 드리우고
꽃처럼 피어나는 피를
어두워 가는 하늘 밑에
조용히 흘리겠습니다.

– 〈십자가〉

1연에서 보면 쫓아오던 햇빛이 십자가에 걸리고 2연에서는 첨탑이 저렇게 높은데 어떻게 올라갈 수 있을까 묻는데 누구에게 묻는지 그 대상을 알 수 없다. 1연의 주체인 햇빛인가? 시인 자신인가? 시인은 3연에서 휘파람이나 불며 서성거리다가 4연에 십자가가 허락된다면 5연에 피를 흘리겠다는 의지를 드러내고 있다. 2연의 물음은 시를 다 읽고 나서야 시인이 어떻게 첨탑 높이 올라갈 수 있는지를 알게 되면서 해결된다. 그러나 기독교인들에게는 예수 그리스도의 대속의 피 흘림이 가장 의미가 있고 그 일이 이루어진 십자가가 가장 큰 가치를 지닌다. 4연의 "괴로웠던 사나이,/ 행복한 예수 그리스도에게처럼/ 십자가가 허락된다면"은 얼마나 큰 말인가? 윤동주는 기독교 정신을 가진 시인으로 평가되는데 이 부분에서 과연 같은 십자가일까라는 의문이 든다. 특히 3연에 서성거리다가 십자가가 허락된다면 피를 흘리겠다고 하는데 그 피도 꽃처럼 피어나는 아름다운 모습으로 나타난다. 윤동주의 미의식이 아름다움에 있는 것은 앞의 "백골"을 수식할 때도 "곱게 풍화작용하는"이라고 한 것을 보아서도 알 수 있으나 인류 역사를 B.C.(예수 탄생 이전)와 A.D.(예수 탄생 이후)로 나눌 만큼 예수의 십자가는 인간 개개인에게 누구도 흉내 낼 수 없는 중요 의미이다. 이 시는 시인의 희생을 다짐하나 무엇을 위한 희생인지 내용이 없다. 예수 그리스도처럼이라고 했는데 그 십자가는 인류의 죄를 대속하는 것인데 윤동주는 누구의 죄를 대신 지겠다는 것인지 누구를 위해 피를 흘리겠다는 것인지 명확히 밝히지 않아 앞의 시들처럼 구체적으로 읽을 수가 없다. 윤동주는 아름다운 정서와 정신을 가진 훌륭한 시인이다. 그러나 막연하게 개념적으로 쓴 시에서는 각각 시의 고유한 맛을 읽을 수가 없다.

　시 창작적 입장에서 아름다운 고향으로 가고자 하는 치열한 시인 정신부터 막연하게 희생을 다짐하는 시까지 윤동주 시의 밀도의 다양함을 확인하면서 체험을 시간과 공간 속에서 구체적으로 그릴 때, 순수하고 투명한 정신을 지닐 수 있다는 것을 앓았다. 시대가 바뀌었지만 윤동주처럼 백골 몰래 아름다운 또 다른 고향으로 가려고 매일 밤 결단을 해야만 하는 것이 시인의 자리일 것이다.

11
이육사

동방은 하늘도 다 끝나

　혁명시인은 순수하고 뜨겁다. 까뮈의 〈정의의 사람들〉에 나오는 주인공 시인은 봉건제도의 허위성을 해결하기 위해 러시아 대공이 탄 마차에 폭탄을 던진다. 대공비의 자비로 석방이 허용되었음에도 불구하고 그는 "죽음은 눈물과 피로 얼룩진 세계에 대한 나의 최고의 항의가 될 것이다"라며 죽음을 선택한다. 그리고 자신의 죽음이 "폭력에 대한 인간의 항의에 값하는 높이에 이른다면" 사상의 순수함으로 자신의 과업을 완성해주기를 바란다고 당부하고 사형을 받는다. 우리의 역사는 고통과 혼란의 연속이었다. 특히 일제강점기에 항일과 혁명의 순수성을 자신의 온몸으로 이루어낸 이육사는 시인이었다. 의열단 활동, 흑우회 활동, 열일곱 차례의 수감, 북경에서의 순국 등과 같은 그의 삶의 기록들 앞에서 우리는 숙연해질 수밖에 없다. 그래서 문학적 입장이 다른 사람들도 민족시인, 저항시인으로 이육사를 기리고 시와 삶을 일치시키려는 시인을 떠올린다. 이육사는 시 35편, 한시 3편, 수필

13편, 소설(번역) 3편, 평문 17편, 그 외 산문 10여 편 등 10여 년간에 그는 총 80여 편(이육사 문학관 참조)의 글을 발표하고 남겼다.

이육사(李陸史: 1904-1944)의 본명은 이원록(李源祿)이며, 필명으로 이활(李活), 대구 이육사(大邱 二六四), 육사(陸史), 육사생(陸史生) 등을 사용하였다. 이활이란 이름은 등단 직후를 제외한 1934년부터 1939년까지의 정치적인 시사평론에 썼고 이육사는 시와 수필, 문학비평을 발표할 때 주로 썼다. 1939년 이후에는 일경의 감시로 정치적인 활동이 어려워져 문학창작에 몰두하다 1943년 북경으로 갔는데 이는 그가 1기로 졸업한 조선혁명간부학교 출신들이 많은 조선의용군의 북경 적구(敵區)에서의 활동과 관련된 것이었다. 이 때문에 어머니와 맏형의 소상으로 들어왔다 늦가을에 검거되어 북경으로 압송된 뒤 결국 1944년 1월 16일에 북경의 일본 영사관 감옥에서 순국하게 된다.

이후 시체 보관소로 찾아간 이병희는 "있는 거라고는 그 시집 한 권 빽에는 없어. 그리고 만년필 한 개 하고"라고 말했다. 이육사는 마분지 조각에 시를 남기고 세상을 뜬 것이다. 그는 1938년의 수필 〈계절의 오행〉에서 "나는 내 기백을 키우고 길러서 금강심(金剛心)에서 나오는 내 시를 쓸지언정 유언은 쓰지 않겠소"라고 선언하였기에 그의 시는 유언이다. 금강심은 '최후의 마음, 곧 모든 번뇌를 끊어 미래의 생사의 원인을 소멸시킨 사람이 육체도 벗어버리는 맨 마지막 순간의 마음'을 의미한다. 이렇게 남겨진 그의 시편 중 〈광야〉, 〈꽃〉은 아우 이원조에 의해 1945년 12월 17일 《자유신문》에 발표되었고 우리들은 이 작품들로 그의 마지막 순간의 마음을 읽는다.

　　까마득한 날에
　　하늘이 처음 열리고

어데 닭 우는 소리 들렷스랴

모든 산맥들이
바다를 연모해 휘달릴 때도
차마 이곳을 범(犯)하던 못하였으리라

끊임없는 광음을
부지런한 계절이 피어선 지고
큰 강물이 비로소 길을 열었다

지금 눈 내리고
매화향기 홀로 아득하니
내 여기 가난한 노래의 씨를 뿌려라

다시 천고의 뒤에
백마 타고 오는 초인이 있어
이 광야에서 목 놓아 부르게 하리라

– 〈광야(曠野)〉

우리는 이 시를 학창시절에 많이 읽었다. 시가 나온 배경을 알고 읽으련 더욱 비감을 느낄 뿐 아니라 시를 읽는 방법도 달리할 것이나. 일반적으로 이 시를 읽을 때 "초인"의 의미와 "천고(千古)의 뒤에"의 시간성에 대해 이야기한다. '초인'은 〈청포도〉의 '손님'과도 같은 존재로 이육사의 정신적 가치를 드러내지만 과연 '초인'에 시인의 의도가 집약되었는가 생각해볼 일이다. 시적 화자에 주목하는 것은 어떨지.

　필자는 이 시가 쓰인 공간을 생각하고 싶다. 북경의 추운 겨울에 좁고 음습한 감방에서 모진 고통을 견디며 그는 자신의 존재와 행위의 목적을 확인했을 것이다. 그는 자신의 행위를 지금 "가난한 노래의 씨를 뿌"리는 것으로 규정한다. 그리고 노래의 씨를 뿌려야만 백마 타고 오는 초인이 "목 놓아 부르게" 된다. 시인이 지금 노래의 씨를 뿌리지 않는다면 백마 타고 초인은 올 수도 없고 노래를 목 놓아 부를 수도 없다. 뒤의 행위는 앞의 행위가 없다면 불가능한 것이다. 시인은 자기희생적 각오를 드러내었다. 좁은 감방 속 죽음 앞에서 광야를 떠올리는 그의 전위적 상상력은 "모든 산맥들이/ 바다를 연모해 휘달릴 때도/ 차마 이곳을 범(犯)하던 못하였으리라"는 시원을 향해 달려가 원시적 상태를 상정한다. 시간을 의미하는 광음과 계절을 꽃처럼 피고 지고 하는 자연의 유구함과 한반도 역사의 시작을 "큰 강물이 비로소 길을 열었다"는 상징으로 표현하였다. 이 오랜 시간의 흐름에 비해 뒤에 "천고"는 작은 단위의 시간이 된다. 즉 오랜 시간이 지나지 않아 시인은 자기희생 뒤에 대답처럼 올 기쁜 상태를 떠올린 것이다. 시인은 초인을 기다린 것이 아니라 자신의 희생이 초인을 데려올 것이라는 확신을 한 것이다. 따라서 그의 유작을 읽는 우리는 초인이 되어 좁은 감옥이 아닌 광야에서 목 놓아 노래를 불러야 할 것이다.

　　　동방은 하늘도 다 끝나고
　　　비 한방울 나리잖는 그 때에도
　　　오히려 꽃은 빨갛게 피지 않는가
　　　내 목숨을 꾸며 쉬임없는 날이여

북쪽 툰드라에도 찬 새벽은
눈 속 깊이 꽃 맹아리가 옴작거려
제비떼 까맣게 날아오길 기다리나니
마침내 저버리지 못한 약속이여!

한 바다 복판 용솟음치는 곳
바람결 따라 타오르는 꽃성에는
나비처럼 취하는 회상의 무리들아
오늘 내 여기서 너를 불러 보노라

- 〈꽃〉

극한 상황으로 몰려 있는 가운데도 오히려 '꽃은 빨갛게 핀다'고 보고 있는 시인의 자세를 보고 감격하지 않을 수 없다. 고통의 극한을 그는 꽃으로 보았다. 일반적으로 표현을 위해 대위법이나 반어법을 시 창작을 할 때 쓰지만 이 시의 대위법은 시적 화자인 시인이 감옥 속의 극한 고통을 겪으며 쓴 것으로 비유법 이상의 의미를 갖는다. "내 목숨을 꾸며 쉬임 없는 날이여"로 보아 시인은 자신의 삶을 정리하는 순간에 있다. 2연에서 시인은 아무리 추운 툰드라 찬 새벽의 눈 속에도 꽃맹아리가 옴짝거리는 자연의 법칙처럼 제비떼가 까맣게 날아오는 봄을 기다린다고 했다. 그런데 3연에서는 붉은 꽃이 많이 펴 꽃성을 이루고 제비가 날아오고 나비가 나는 완연한 봄을 떠올린다. 이 때에 꽃성에 내려앉아 꽃내음을 맡고 취하는 나비 같은 무리들을 시인은 '오늘' 미리 부르고 있는 것이다. 미래의 기쁨을 시인은 마지막 순간에 마주하고 있다. 극한 추위에도 빨갛게 꽃이 피지 않으면 꽃성은 이루어질 수 없고 이 꽃성이 없다면 나비떼들이 앉아 회상하는 일도 없을 것이다. 빨간 꽃인 피의 희생이 모여 꽃성을 이루고 봄이 오면 나비 같은 무리(사람)들이 그곳에 모여 그 희생을 다시 떠올릴 것인데 시인은 이러한 봄이라는 시간이 당연히 와서 역사적 희생을 회상하는 시간을 반드시 맞이할 것을 나타내었다.

이육사의 상상력은 극한에서 극단적인 상태를 붙여 긴장과 웅대함을 준다. "동방은 하늘도 다 끝나고/ 비 한방울 나리잖는 그때에도/ 오히려 꽃은 빨갛게 피지 않는가"와 같은 표현은 그의 정신의 운용에서 나온 것이리라. 앞에서 본 〈광야〉도 좁은 감방에서 '광야'를 떠올리고 있는데 이러한 모습은 이미 1940년에 쓰인 절창 〈절정〉에도 나타난다.

> 매운 계절의 채찍에 갈겨
> 마침내 북방으로 휩쓸려 오다
>
> 하늘도 그만 지쳐 끝난 고원
> 서릿발 칼날 진 그 위에 서다
>
> 어데다 무릎을 꿇어야 하나
> 한 발 재겨 디딜 곳조차 없다
>
> 이러매 눈 감아 생각해 볼밖에
> 겨울은 강철로 된 무지갠가 보다
>
> — 〈절정(絶頂)〉

1연에서 3연까지는 극한 상황이 점점 심화되어 3연의 끝에는 한

발 재겨 디딜 곳조차 없는 상황이다. 그러나 시인은 이렇게 힘든 상황을 눈 감고 생각한다. 즉 외부적 현실을 시인의 내면인 정신으로 바라본다. 그리고 "겨울은 강철로 된 무지갠가 보다"로 생각을 정리하고 있다. 이 부분은 시인의 정신적 가치인 상징으로 많은 논란을 불러오지만 그의 삶과 연결하여 보면 자명하다. 일제에 의해 열일곱 번이나 수감되어 고문과 학대를 받으면서 그는 십칠여 년을 견뎌냈다. 그러나 그러한 고통은 조국의 광복을 더욱 갈망하게 했을 것이다. 앞의 〈꽃〉의 1연 4행의 "내 목숨을 꾸며 쉬임 없는 날이여"를 보면 그가 쉬임 없이 그 꿈을 꾸며 살아냈다는 것을 알 수 있다. 일경의 고문으로 육체적 고통이 극심할 때 이육사는 조국의 독립을 가장 강렬하게 열망했을 것이고 그때 강철로 된 무지개를 봤을 것이다. '절정'이라는 제목처럼 이 무지개는 고통이 극한일 때 독립의 염원이 최고에 이르러 정신적 황홀감을 느낄 때 뜨는 것이다. 그러니 이 강철로 된 무지개는 독립을 염원하지만 방안에 앉아서 시만 쓰는 사람은 볼 수 없고 고문을 받다 변절하는 사람도 볼 수 없을 것이다. 이 무지개는 고문을 받으면 받을수록 더욱 강해지는 조국독립의 염원을 가진 사람만이 볼 수 있는 것이다. 다시 말해 〈절정〉은 고통의 극한에서 시인의 독립 염원의 최대치를 드러낸다. 이러한 정신의 운용은 1930년 조선일보에 발표한 그의 최초의 시에도 나타난다.

훗트러진 갈기
후주근한 눈
밤송이 가튼 털
오! 먼길에 지친 말
채죽에 지친 말이여!

수굿한 목통
축처-진 꼬리
서리에 번적이는 네굽
오! 구름을 헷치려는 말
새해에 소리칠 흰말이여!

- 〈말〉

    1연은 후즐근하고 지치고 볼품없는 매 맞는 말을 그리고 있다. 그런데 2연은 이러한 외적 조건을 압도하는 말의 발굽을 통한 본성의 힘을 언급하며 달려 나갈 말을 그리고 있다. 물론 경오년 벽두에 민족의 사기를 진작하기 위해 썼다고 할 수 있지만 말을 은유로 하여 지금은 매 맞고 비참하지만 구름을 헤치며 나아가 소리칠 것을 기대하는 것은 3·1운동과 같은 민중의 혁명을 기대하는 것일 것이다. 그는 평생 일제에 항거하며 민족의 독립을 염원했다. 그가 혹독한 상황에서도 완성도 높은 시를 썼다는 것은 시인의 결기와 의무를 항상 생각하게 한다. 그의 바람대로 우리는 독립을 하였고 피의 희생으로 이뤄진 꽃성을 둘러싸서 회상을 하고 있다. 그러나 그가 뿌린 노래의 씨를 키워 이 광야에서 목 놓아 부르고 있는가?

    그에게는 시를 쓰는 행위가 행동을 하는 것이었다. 그리고 그 행위는 무한한 공간을 필요로 하는데 그것이 그에게는 자유나 광복일지도 모르겠으나 지금 시를 쓰는 우리에게 있어서는 대륙적 기상이 아닐지? 그의 바람대로 우리는 광야에 섰는가?

    나에게는 행동의 연속만이 있을 따름이오, 행동은 말이 아니고, 나에게는 시를 생각한다는 것도 행동이 되는 까닭이오.

그런데 이 행동이란 것이 있기 위해서는 나에게 무한히 넓은 공간이 필요로 되어야 하련마는 숫벼룩이 꿇어앉을 만한 땅도 가지지 못한 내라.

- 수필 〈계절의 오행〉에서

12

박두진

푸른 깃발을 날리며 오너라

연분홍 봄꽃이 온 산, 들, 거리를 소란스럽게 들썩일 때마다 떠오르는 구절이 있다. "복사꽃이 피었다고 일러라, 살구꽃도 피었다고 일러라"라고 박두진 시인이 봄이 왔다고 강력하게 소리치기 때문이다. 일제의 강압이나 정치적 억압이 있던 시절에는 하루 빨리 겨울을 보내고 봄을 맞이해야 한다는 개념적 봄을 절실하게 희구했다. 세월이 흘러 이제는 시인이 노래한 봄을 봄으로 보고 읽고 싶다.

많은 사람들이 고향을 그리워하면서 부르는 "나의 살던 고향은 꽃 피는 산골, 복숭아꽃, 살구꽃, 아기 진달래 울긋불긋 꽃대궐 차리인 동네 그 속에서 놀던 때가 그립습니다"는 추운 겨울을 지내고 맞이한 봄꽃 속 어린 시절을 아련하게 마주하게 하는 힘이 있다. 그만큼 우리의 봄은 온통 피어오르는 꽃으로부터 시작되는 모양이다. 이 땅 여기저기에 아무렇지 않게 피고 지는 봄꽃들. 복사꽃, 살구꽃, 앵두꽃, 오얏꽃이 박두진 시에서 고향의 봄을 떠올리게도 하지만 살기 위해 버

리고 간 고향을 떠올리게도 한다. 그러나 이 시에서 피어난 갖가지 봄
꽃이 고향을 은유적으로 드러낸다 하더라도 개념적이진 않다. 상징이
습관화되면 개념이 되어 시를 신선하게 읽을 수 없게 하므로 이 시에
서 시인은 봄꽃을 구체적으로 언급하면서 자연스럽게 봄이 왔음을 말
하고 싶은 것 같다. 시인은 1945년 봄에 이 시를 쓴 듯하다. 해방되
고 이듬해에 발표했기 때문에 시인은 해방을 미리 예견하고 떠나간
사람들에게 돌아올 것을 노래하고 있는 것이다.

　　복사꽃이 피었다고 일러라. 살구꽃도 피었다고 일러라. 너
　희 오래 정 들이고 살다 간 집, 함부로 함부로 짓밟힌 울타리
　에 앵두꽃도 오얏꽃도 피었다고 일러라. 낮이면 벌떼와 나비
　가 날고 밤이면 소쩍새가 울더라고 일러라.

　　다섯 뭍과, 여섯 바다와, 철이야, 아득한 구름 밖 아득한
　하늘가에, 나는 어디로 향을 해야 너와 마주 서는 게냐.

　　달 밝으면 으레 뜰에 앉아 부는 내 피리의 서른 가락도 너
　는 못 듣고, 골을 헤치며 산에 올라, 아침마다 푸른 봉우리에
　올라서면, 어어이 어어이 소리 높여 부르는 나의 음성도 너는
　못 듣는다.

　　어서 너는 오너라. 별들 서로 구슬피 헤어지고, 별들 서로
　정답게 모이는 날, 흩어졌던 너의 형 아우 총총히 돌아오고,
　흩어졌던 네 순이도 누이도 돌아오고, 너와 나의 자라나던,
　막쇠도 돌이도 복술이도 왔다.

눈물과 피와 푸른빛 깃발을 날리며 너는 오너라. … 비둘기
와, 꽃다발과 푸른빛 깃발을 날리며 너는 오너라. …

복사꽃 피고, 살구꽃 피는 곳, 너와 나와 뛰놀며 자라난 푸
른 보리밭에 남풍은 불고, 젖빛 구름 보오얀 구름 속에 종달
새는 운다. 기름진 냉이꽃 향기로운 언덕, 여기 푸른 잔디밭
에 누워서, 철이야, 너는 너는 늴 늴 늴 가락 맞춰 풀피리나
불고, 나는, 나는, 두둥싯 두둥싯 붕새춤 추며, 막쇠와, 돌이
와, 복술이랑 함께, 우리, 우리, 옛날을 옛날을 뒹굴어 보자.
                                        – 〈어서 너는 오너라〉

시인이 애타게 부르고 있는 철이 식구들이 오래 정들이고 살다 간
집에도 봄이 왔다. 함부로 짓밟힌 울타리에도 앵두꽃과 오얏꽃이 피어
벌떼와 나비가 날아들고 소쩍새도 울 정도로 봄이 한창이라고 시적
화자는 철이에게 애타게 말하고 있다. 이 시의 봄은 이상화가 〈빼앗긴
들에도 봄은 오는가〉(1926)에서 안타까워했던 상실한 봄과 대조적으
로 나타난다. 이상화는 "그러나 지금은–들을 빼앗겨 봄조차 빼앗기겠
네"라고 하여 일제에게 땅을 강탈당한 현실에서는 자연의 봄조차 잃
어버렸음을 보여주나 박두진은 〈어서 너는 오너라〉에서 어느 사이 그
잃어버렸던 자연의 봄이 돌아왔음을 보여준다. 일제강점기에 창작되
어서 시에 나타난 봄을 조국 광복이라든가 해방된 조국의 상태인 개
념으로 혹은 개념화된 상징으로 볼 수 있지만 봄을 자연의 봄으로 구
체적으로 읽을 때, 시인의 의도를 더욱 감동적으로 읽을 수 있다. "눈
물과 피와 푸른빛 깃발을 날리며 너는 오너라"는 조국을 떠나 유랑민
으로 슬픔과 고통의 시간을 견디고 어디에서건 살아낸 것 자체를 승

리로 보는 시인의식이 드러난다. 그래서 고통스럽게 흘렸던 눈물과 피도 푸른 빛 깃발처럼 날리며 오라고 위로하고 있는 것이다. "비둘기와 꽃다발과 푸른 깃발을 날리며 오너라"에서 다시 한번 조국을 떠날 수밖에 없었던 이들의 마음의 상처를 위로하고 기쁘게 감싸 안는다. 그리고 모두 돌아온 뒤에는 향기로운 봄 동산에서 '너'는 풀피리를 불고 '나'는 그에 맞춰 붕새춤을 추며 옛날처럼 즐겁게 지낼 것을 재촉하고 있다. 마지막 연 끝부분에는 쉼표가 자주 쓰이고 있다.

> … 철이야, 너는 너는 닐 닐 닐 가락 맞춰 풀피리나 불고,
> 나는, 나는, 두둥싯 두둥싯 붕새춤 추며, 막쇠와, 돌이와, 복
> 술이랑 함께, 우리, 우리, 옛날을 옛날을 뒹굴어 보자.

부르고 있는 대상에게 어서 빨리 오기를 드러내기 위해 쉼표를 반복해서 리듬으로 표현하고 있다. 이 시를 읽을 때는 쉼표에서 끊어 읽어야 하므로 호흡을 촉급하게 끊게 되어 어서 빨리 오라는 시인의 의도를 더욱 강하게 느낄 수 있다. 이 시와 자매편인 시를 보자.

> 내게로 오너라. 어서 너는 내게로 오너라. — 불이 났다. 그
> 리운 집들이 타고 푸른 동산 난만한 꽃밭이 타고, 이웃들은
> 이웃들은 다 쫓기어 울며 울며 흩어졌다. 아무도 없다.

> 일히들이 으르댄다. 양떼가 무찔린다. 일히들이 으르대며,
> 일히가 일히와 더불어 싸운다. 살점들을 물어뗀다. 피가 흐른
> 다. 서로 죽이며 자꾸 서로 죽는다. 일히는 일히로 더불어 싸
> 우다가 일히는 일히로 더불어 멸하리라.

처참한 밤이다. 그러나 하늘엔 별 ―별들이 남아 있다. 날마다 아직은 해도 돋는다. 어서 오너라. …… 황폐한 땅을 새로 파 이루고, 너는 나와 씨앗을 뿌리자. 다시 푸른 산을 이루자. 붉은 꽃밭을 이루자.

정정한 푸른 장생목도 심그고, 한철 났다 스러지는 일년초도 심그자. 잣나무 오얏 복숭아도 심그고 들장미 석죽 산국화도 심그자, 싹이 나서 자라면 이어 붉은 꽃들이 피리니……

새로 푸른 동산에 금빛 새가 날러 오고 붉은 꽃밭에 나비 꿀벌떼가 날러들면 너는 아아 그때 나와 얼마나 즐거우랴. 섧게 흩어졌던 이웃들이 돌아오면 너는 아아 그때 나와 얼마나 즐거우랴. 푸른 하늘 푸른 하늘 아래 난만한 꽃밭에서 꽃밭에서 너는 나와 마주 춤을 추며 즐기자. 춤을 추며 노래하며 즐기자. 울며 즐기자.……어서 오너라.……

― 〈푸른 하늘 아래〉

이 시에서도 시인은 시적 대상에게 어서 오라고 하고 있다. 그러나 시적 현실은 불이 나서 그리운 집들은 모두 불에 타고 이웃들은 쫓겨 울며 떠나고 아무도 없는 처참한 밤의 상황이다. 시인은 그 상황을 이리(일히)들이 으르렁거리면서 양떼를 물리친다는 비유로 다시 표현하고 결국 이리들이 이리들과 더불어 싸우다가 이리로 더불어 망할 것을 예견한다. 1944년 겨울, 처참한 밤 속에서 시인은 하늘에 남아 있는 별을 본다. 그리고 아직은 해도 돋는다고 말하고 있다. 이 처참한 가운데 자연은 자연으로 남아서 그 역할을 하고 있다. 그래서 쫓겨 떠나간 이웃들에게 어서 돌아와서 황폐한 땅을 새로 파서 일구고 씨를 뿌리자고 한다. 싹이 나면 곧 붉은 꽃이 필 것이고 섧게 흩어졌던 이웃들이 돌아와 그 꽃밭에서 누린다면 얼마나 즐거울지 떠올리며 준비하고자 한다. 〈푸른 하늘 아래〉에서 시인은 지금은 처참한 밤이지만 이리가 이리로 더불어 싸우다가 이리에 의해 망할 것을 알고 있기에 이웃들에게 어서 돌아오라고 재촉하고 있는 것이다. 이 시는 앞의 시보다 조금 빠른 시기에 쓰인 것으로 보인다. 1944년 겨울쯤으로 추정할 수 있다. 처참한 밤과 암울함이 겨울 이미지로 드러나지만 지금 씨를 뿌리면 곧 꽃이 필 것을 알기에 꽃밭을 일구고 꽃밭을 누릴 수 있는 기대감을 갖는다. 그래서 시인은 나비와 꿀벌떼가 날아드는 자연의 봄을 누릴 기대감으로 '너'를 부르고 있다. '너'가 오면 만남과 회복의 기쁨으로 춤을 추고 서로 위로의 눈물을 흘리면서 축제의 시간을 누릴 것을 소망한다. 그러면 시인이 바라보는 이리가 이리로 더불어 망한 뒤의 시간은 어떠한가?

해야 솟아라. 해야 솟아라. 말갛게 씻은 얼굴 고운 해야 솟아라. 산 넘어 산 넘어서 어둠을 살라먹고, 산 넘어서 밤새도록 어둠을 살라 먹고, 이글이글 애띤 얼굴 고운 해야 솟아라.

달빛이 싫여, 달빛이 싫여, 눈물 같은 골짜기에 달빛이 싫여, 아무도 없는 뜰에 달밤이 나는 싫여……

해야, 고운 해야, 늬가 오면 늬가사 오면, 나는 나는 청산이 좋아라. 훨훨훨 깃을 치는 청산이 좋아라. 청산이 있으면 홀로래도 좋아라.

사슴을 따라 사슴을 따라, 양지로 양지로 사슴을 따라, 사
슴을 만나면 사슴과 놀고,

칡범을 따라 칡범을 따라 칡범을 만나면 칡범과 놀고……

해야, 고운 해야. 해야 솟아라. 꿈이 아니래도 너를 만나
면, 꽃도 새도 짐승도 한 자리에 앉아, 워어이 워어이 모두
불러 한 자리 앉아, 애띠고 고운 날을 누려 보리라.

- 〈해〉

　시인의 시간으로 눈물 젖은 달밤이 지나고 '해의 시간'이 와서 "꿈
이 아니래도 너를 만나면, 꽃도 새도 짐승도 한 자리에 앉아, 워어이
워어이 모두 불러 한 자리 앉아, 애띠고 고운 날을 누려 보리라"라는
마지막 구절처럼 꽃도 새도 육식동물인 칡범도 초식동물 사슴도 모두
한자리에 앉아 평화롭고 아름다운 시간을 누리기를 바라고 있다. '해
의 시간'인 이상적인 세계에서는 육식동물인 이리가 초식동물이 되어
사슴과 같이 평화롭게 지낸다. 그러나 시인의 이상적인 세계와 그 시
간을 맞이하는 마음에는 거리가 있다. 시인은 '해의 시간'을 맞이하기
전에 국권 상실로 난민이 되어 떠돌고 상처받은 이웃들을 불러 모아
충분히 위로하고 회복의 기쁨을 나누고 싶어한다.
　살아낸다는 것은 김수영 식으로 말한다면 한강대교의 콘크리트 다
리보다 더욱 크고 거대한 뿌리를 내려야 할 만큼 어렵다. 김수영은 조
국에서, 이 땅에서 살아남는 것을 말하지만, 일제강점기에 조국에서
살지 못해 간도로 연해주로 그리고 또 다른 먼 지역으로 떠나 디아스
포라로 살아내는 일은 얼마나 힘에 겨웠을까? 박두진이 〈어서 너는

오너라〉와 〈푸른 하늘 아래〉에서 그토록 떠난 이들을 부른 이유가 여기에 있을 것이다. 시인이 지닌 인간에 대한 애정과 민족에 대한 애정은 그의 기독교 신앙에서 연유한 것이어서 구체적이다. 구체적 상황을 염두에 두고 읽으면 개념으로 읽을 때와는 달리 시인의 숨결을 읽을 수 있다.

필자가 박두진 시인에게 대학원 수업을 들을 때 학생들이 논리적으로 개념적으로 시를 분석할 때마다 "그게 아니야"라고 말씀하셨었다. 시를 있는 그대로 보라는 말씀인 것을 세월이 흘러 이즈음 와서야 깨달았다. 〈봄에의 격〉에서 박두진 시인은 봄마다 모든 생물이 그 자체가 되기 위해 혁명을 해야 하는 것처럼 시인은 시인이 되기 위해 끊임없이 혁명을 해야 한다고 말한다. 지금은 봄, "일체의 있는 것은/ 너희들, 스스로를 위하여,/ 이때에야 진실로,// 일어나라"

13

김광섭

어디서 무엇이 되어

봄이 왔는데도 날씨가 춥다. 뿌연 하늘, 연분홍 꽃잎은 날리지만 공포와 불안이 휘감는 대로 꽃잎을 바라보았다. 인간의 삶은 알 수 없는 기운과 대지의 요동 속에서 언제나 자유롭지 않았지만 최근의 빈번한 공포는 구체적인 이유가 있다. 지구의 조건이 바뀌었기 때문일 것이다. 일반적으로 환경오염이나 이산화탄소 방출과 같은 화학적 요소를 그 이유로 들지만 50여 년 전에 김광섭은 〈성북동 비둘기〉에서 그 원인을 말한다.

> 성북동 산에 번지가 새로 생기면서
> 본래 살던 성북동 비둘기만이 번지가 없어졌다
> 새벽부터 돌 깨는 산울림에 떨다가
> 가슴에 금이 갔다
> 그래도 성북동 비둘기는

하느님의 광장 같은 새파란 아침 하늘에
성북동 주민에게 축복의 메시지나 전하듯
성북동 하늘을 한 바퀴 휘 돈다

성북동 메마른 골짜기에는
조용히 앉아 콩알 하나 찍어먹을
널찍한 마당은커녕 가는 데마다
채석장 포성이 메아리쳐서
피난하듯 지붕에 올라앉아
아침 구공탄 굴뚝 연기에서 향수를 느끼다가
산 1번지 채석장에 도로 가서
금방 따낸 돌 온기에 입을 닦는다

이 시를 읽을 때 우리는 개념적으로 봐서인지 문명비판시라는 선입견으로 읽는다. 성북동에 번지가 새로 생기면서 비둘기는 갈 곳이 없게 되었다는 것에 포인트를 맞추고 읽는다면 문명이 발전되고 도시를 건설하면서 자연을 파괴하는 안타까움을 보여주는 시로 읽게 될 것이다. 그러나 시인의 시선은 무엇을 비판하거나 평가하려는 데 있지 않다.

예전에는 사람을 성자처럼 보고
사람 가까이
사람과 같이 사랑하고
사람과 같이 평화를 즐기던
사랑과 평화의 새 비둘기는

이제 산도 잃고 사람도 잃고
사랑과 평화의 사상까지
낳지 못하는 쫓기는 새가 되었다
- 〈성북동 비둘기〉 부분

시인은 비둘기는 원래 사람을 사랑하고 평화를 즐기던 새였는데 산이 개발되면서 산도 사람도 잃고 쫓기는 새가 될 것이라고 말한다. 비둘기의 본질이 바뀔 것을 예견하고 있는 것이다. 인간의 편리를 위해 개발하고 발전이라는 이름으로 자연을 파괴해서 안타깝다라는 내용을 시로 형상화한 것으로 읽는다면 중요한 부분을 놓치게 된다. 이 시는 개발에 대해 판단한 것이라기보다 개발을 하다 보면 사물이 본질을 잃어버려 원래와는 다른 무엇이 될 것을 말하고 있다. 즉 이 시는 문명 발전을 비판하는 것보다는 문명의 발전이 사물의 본질을 바꾸어 버릴 것이라는 경고를 하고 있다.

개발과 발전을 절대적 가치로 여겼던 1960년대의 대한민국에서 김광섭 시인과 같이 혜안을 가진 시인이 또 있었을까? 1980년대 이후 도로를 닦고 신도시 건설의 붐을 이루었던 시기에 자연을 화두로 하는 시가 등장한 뒤에도 김광섭처럼 사물이 그 본질이 잃어버려 다른 사물로 바뀌게 될 것이라는 예견을 한 시인은 보이지 않았다. 데리다는 시는 내면의 움직임을 포착하여 본질적인 영역을 건드린다고 한다. 시인은 현상보다 본질에 다가가는 세계를 추구한다. 우리 시대의 위기는 무엇인가? 간단하게만 생각해도 야생동물은 도시 속으로 데려와 야생을 잃게 하고 애완동물은 버려져서 야생이 되는 상황 속에서 본질의 변질을 마주하고 있는 것은 아닌지?

사랑과 평화의 새 비둘기가 쫓기는 새가 된 지 어느새 반세기가 지났다. 길거리의 비둘기는 전선을 갉아 먹거나 떼로 몰려다니며 병균을 날린다고 혐오의 대상이 되어 쫓기고 있다. 시인의 진정한 걱정은 문명이 개발되면서 사물이 본질을 잃어버리는 것이다.

저녁이 되면 성북동 성벽에 환하게 불이 들어와 주변의 어둠도 일렁거려 마음을 흔든다. 성벽 때문인지 그 밑에 살다 사라진 사람들 때문인지 나도 잠시 서성거려본다. 성벽 아래에서 박태원을, 좁은 골목을 걸어 내려오면 한용운을, 길 건너에 이태준을, 그 아랫동네에 조지훈을, 조금 더 아래 언덕에서 김광섭을 만날 수 있을 것 같다. 모두 같은 시기에 모여 살았는지 알 수 없어도 모두 성벽을 둘러싼 아침 빛과 저녁 노을을 바라보았을 터이고 밤에는 성벽도 지운 어둠 속에 총총 뜬 별을 마주했으리라.

김광섭의 시 〈저녁에〉는 개발되지 않았던 성북동의 밤하늘의 별을 보고 쓴 시이다.

저렇게 많은 중에서
별 하나가 나를 내려다 본다

이렇게 많은 사람 중에서
그 별 하나를 쳐다 본다

많은 사람들은 이 구절를 보고 남녀 간의 만남이나 인연을 생각한다. 그러나 시인은 명확하게 별과 사람이 마주하고 있음을 얘기한다. 별은 수많은 사람 가운데서 나를 내려다보고 시적 화자는 많은 별 가운데 그 별을 올려 쳐다봄으로 사람과 별이 일대일로 관계를 맺는다. 그 별은 '내 별'이 된 것이다. 이 지상에 존재하는 나와 모든 사람은 하나의 별을 가졌다.

> 밤이 깊을수록
> 별은 밝음 속에 사라지고
> 나는 어둠 속에 사라진다

　밤이 흘러가면 아침이 와서 별은 밝음 속으로 사라진 것 같이 보이지 않고, 나는 인생이라는 어둠 속으로 사라지는 존재가 되어 원래의 나를 잃어버리고 생의 심연으로 들어가게 된다. 자연의 법칙 같은 이별이다. 그러나 시인은 헤어진 것으로 끝내지 않고 언젠가 그 별을 다시 만날 것을 기대하고 있다. 여기서 '별'은 사람이 아닌 '별'이다. 김광섭 시인은 이 지상에 존재하는 모든 사람에게 별을 하나씩 준 것이다.

> 이렇게 정다운
> 너하나 나하나가
> 어디서 무엇이 되어
> 다시 만나랴

　이 지상에 존재하는 모든 사람들은 별을 가졌었다. 지금은 서울역에서 노숙자 생활을 하는 사람도 언젠가 별을 하나 가졌을 것이다. 이렇게 별을 잃어버리거나 잊어버린 누군가도 한때는 별을 가졌고 별을 가슴에 품었을 것을 시인은 성숙한 시선으로 드러내고 있다. 지금은 삶에 지쳐 어둠 속에 웅크리고 있는 사람들의 어린 시절 별도 너 하나 나 하나가 언젠가 '내 별'과 '나'로 다시 만날 것으로 기대하고 있다. 시인은 별을 잃어버린 우리가 언젠가 그 별을 다시 만나기를 바라는 마음으로 이 시를 썼을 것이다.

나 같은 사람에게도 별을 하나 나눠준 이 시는 참으로 감동적이다. 맑고 투명한 별을, 꿈처럼 순수한 별을 모두에게 나눠주니 김광섭 시인의 〈저녁에〉는 모든 사람의 마음을 흐뭇하게 만든다. 이 시를 남녀의 만남보다 별과의 만남으로 읽는다면 시적 감응력이 훨씬 크다. 그동안 "어디서 무엇이 되어 다시 만나랴"라는 구절이 김환기의 그림 제목으로 최인훈의 희곡 제목으로 또한 유심초의 노래로 많이 알려졌지만 모든 사람이 별을 가슴에 품는 감동으로 다시 읽어보면 좋겠다.

김광섭 시인은 시를 쓰는 사람들에게 이상적인 면을 보여준다. 그는 후기에 병고를 겪고 난 뒤에 성숙한 정신으로 시를 씀으로써 초기의 관념적 시세계를 뛰어넘어 한국 문학사에 큰 족적을 남겼다. 그는 만년에 이르러서야 비로소 한 시인이 된 것이다. 그리고 혜안(慧眼)으로 쓴 그의 시는 성숙한 인격을 역동적으로 보여준다.

이상하게도 내가 사는 데서는
새벽녘이면 산들이
학처럼 날개를 쭉 펴고 날아와서는
종일토록 먹도 않고 말도 않고 엎댔다가는
해질 무렵이면 기러기처럼 날아서
틀만 남겨놓고 먼 산 속으로 간다

산은 날아도 새둥지나 꽃잎 하나 다치지 않고
짐승들의 굴 속에서도
흙 한 줌 돌 한 개 들썽거리지 않는다
새나 벌레나 짐승들이 놀랄까봐

지구처럼 부동의 자세로 떠간다

…(중략)…

산은 울적하면 솟아서 봉우리가 되고
물소리를 듣고 싶으면 내려와 깊은 계곡이 된다

산은 한번 신경질을 되게 내야만
고산도 되고 명산도 된다

산은 언제나 기슭에 봄이 먼저 오지만
조금만 올라가면 여름이 머물고 있어서
한 기슭인데 두 계절을
사이좋게 지니고 산다

- 〈산〉 부분

나이가 들면서 나이에 맞는 모습을 지닐 수 있을까? 성숙하게, 더욱 너그러워지고 더욱 고매해지며, 더욱 고독을 잘 견디는 법을 터득하고 살아가면서 그대로 행할 수 있을까? 김광섭의 만년의 이 시는 시인의 바람을 드러내고 있다. 움직이지 않는 산을 아침에는 고매한 학으로 저녁에는 외로운 기러기로 변형시켰는데 그 새 같은 산은 날아도 새둥지나 꽃잎 하나 다치지 않게 날아 다른 생명을 존중하는 성품을 가졌다. 또한 산의 구조와 특징을 이용하여 마음의 움직임을 표현했는데 산은 울적하면 더욱 높이 올라 봉우리가 될 정도로 고매하고 물소리를 듣고 싶으면 골짜기가 될 정도로 깊어진다. 한번 되게 신경질을 낼 때 높은 산이나 이름난 산이 되나 보통은 뒷동산처럼 사람 가까이 사람과 더불어 지낸다. 무엇보다 한 기슭인데 두 계절을 사이 좋게 지니고 사는 산을 통해 너그럽고 온화한 인품을 드러내고 있다. 서로 다른 것을 같이 받아들인다는 것은 보통 성숙하지 않으면 어려운 일일 것이다. 만년이 되기까지 김광섭 시인은 사람들의 가치나 태도가 서로 다른 것 때문에 갈등을 많이 겪었고 그로 인한 분쟁을 보았을 것이다. 분단의 과정도 고스란히 지켜보면서. 열강의 간섭이 어떠하였든지 우리가 다른 가치로 갈등하지 않고 평화 공존을 지향했다면 우리 역사는 달랐으리라.

신념이나 가치까지는 아니더라도 이웃끼리 가족끼리 다른 것을 그냥 데리고 살면 세상이 조금은 조용해지리라.

14

김수영

모래야 나는 얼만큼 작으냐?

연일 추운 날씨에 움츠려드는 것은 몸뿐만이 아니다. 혼동과 혼란에 떠밀려 사람과 삶을 생각하면서 혼돈의 시대를 정신으로 맞섰던 김수영이 떠올랐다. 그가 마치 우리시대 시인들은 어디에 마음을 두고 지내는지 묻는 것 같았다. 마치 황동규가 〈악어를 조심하라고〉에서 김수영을 불러내었듯이.

한때 시의 현실참여를 외치던 시인들도 시의 순수성을 주장했던 시인들도 김수영을 최고의 시인으로 바라보았다. 온몸으로 시를 쓰라는 그의 자유 정신에 대한 뜨거운 열정이 언제나 그를 사랑하게 한다. 그러나 시를 알아갈수록 그의 자신을 적나라하게 드러낸 열정이 그를 사랑하게 한다. 가장 좋아하는 시 한 편을 고르라면 김수영의 〈어느날 고궁을 나오면서〉를 꼽고 싶다.

왜 나는 조그만 일에만 분개하는가

저 왕궁(王宮) 대신에 왕궁의 음탕 대신에
오십 원짜리 갈비가 기름덩어리만 나왔다고 분개하고
옹졸하게 분개하고 설렁탕집 돼지 같은 주인년 한테 욕을
하고
옹졸하게 욕을 하고

한 번 정정당당하게
붙잡혀간 소설가를 위해서
언론의 자유를 요구하고 월남 파병에 반대하는
자유를 이행하지 못하고
삼십 원을 받으러 세 번씩 네 번씩
찾아오는 야경꾼들만 증오하고 있는가

옹졸한 나의 전통은 유구하고 이제 내 앞에 정서(情緖)로
가로놓여 있다
이를테면 이런 일이 있었다
부산에 포로수용소의 제14야전병원에 있을 때
정보원이 너어스들과 스폰지를 만들고 거즈를
개키고 있는 나를 보고 포로 경찰이 되지 않는다고
남자가 뭐 이런 일을 하고 있느냐고 놀린 일이 있었다
너어스들 옆에서

지금도 내가 반항하고 있는 것은 이 스폰지 만들기와
거즈 접고 있는 일과 조금도 다름없다
개의 울음소리를 듣고 그 비명에 지고

머리에 피도 안 마른 애놈의 투정에 진다
떨어지는 은행나뭇잎도 내가 밟고 가는 가시밭

아무래도 나는 비켜서 있다 절정(絶頂) 위에는 서 있지
않고 암만해도 조금쯤 옆으로 비켜서 있다
그리고 조금 옆에 서 있는 것이 조금쯤
비겁한 것이라고 알고 있다!

그러니까 이렇게 옹졸하게 반항한다
이발쟁이에게
땅주인에게는 못하고 이발쟁이에게
구청 직원에게는 못하고 동회 직원에게도 못하고
야경꾼에게 이십 원 때문에 십 원 때문에 일 원 때문에
우습지 않으냐 일 원 때문에

모래야 나는 얼마큼 작으냐
바람아 먼지야 풀아 나는 얼마큼 작으냐
정말 얼마큼 작으냐……

― 〈어느 날 고궁을 나오면서〉

　　김수영의 자화상이라 할 만큼 시인은 자신이 가장 초라한 순간을
그리고 있다. 자신의 삶의 궤적을 쫓아 정신상태를 그리고 있다. 시를
산문으로 풀어보면 시인은 어느 날 고궁을 나오면서 왕궁이나 첩을
수십 명씩 거느린 왕의 음탕함에 대해 분노해야 하는데 그렇지 못하
고 대신에 조그만 일에만 분노하는 자신에게 자문을 한다. 당연히 분

노해야 할 것 대신에 오십 원짜리 갈비탕이 기름기만 나왔다고 분노하는 일에 대해. 한 번도 정정당당하게 붙잡혀간 소설가를 위해서나 언론의 자유를 위해서나 또 월남 파병을 반대하는 자유를 위해서는 행동하지 못하고 대신 삼십 원을 받으러 세 번씩 네 번씩 찾아오는 야경꾼을 증오했다고 한다. 마포강변에서 양계를 하며 여유 없이 살았던 시인은 야경비를 한두 번 받으러 왔다가 없다고 하면 그만 받으러 오는 것이 인간다운 일이라 생각했을 것이다. 그런데도 계속 여러 번 찾아오는 야경꾼들 때문에 마음이 많이 불편했던 것 같다.

김수영은 의용군으로 징집되어 북송되다 탈출하였지만 다시 잡혀 북한군이 되었다가 유엔군 포로로 거제도 수용소에 있었던 시절이 있었다. 젊은 사람들이 수도 없이 죽고 무자비하게 죽임을 당하는 그 힘든 시기를 살아내기 위해 그가 어떻게 버텨냈는지 지금의 우리는 상상할 수도 없을 것이다. 본인의 의지와 상관없이 혼란에 떠밀려 고통을 겪은 시인은 개의 울음소리에, 그 비명에도 아이의 투정에도 지고 떨어진 은행잎도 가시밭처럼 밟으며 살아왔다. 그리고 성질이 불같은 그가 그러한 자신의 모습이 절정에 서 있지 못하고 옆으로 비켜 서 있다는 것도 알고 그것이 또 비겁한 일이라는 것도 안다. 그 비겁함을 떨쳐버리려고 반항을 하는데 땅주인에게는 못하고 이발사에게, 구청직원이나 동회직원에게는 못하고 야경꾼에게 반항한다. 양계는 땅이 있어야 가능하니 땅주인에게 반항하면 안 되고 동회직원이나 구청직원은 불이익을 줄 수 있으니까 힘없는 야경꾼이나 이발사에게 화(반항)를 내는 것이다.

그 반항의 이유가 돈 때문이다. 큰돈도 아니고 십 원 때문에 일 원 때문에 반항을 한다. 십 원이나 일 원은 지금으로 환산하면 천 원이나 만 원 정도 될 것이다. 즉 시는 당연히 반항해야 할 큰일에는 반항하지 못하고 작은 일에만 반항하는 모습을, 그것도 적은 돈 때문에 반항하는 소시민의 모습을 보여준다. 땅 주인이나 구청 직원, 동회 직원은 시인보다 강자이기 때문에 못하고 대신 설렁탕집 주인 여자나 야경꾼이나 이발사는 시인보다 약자이기 때문에 그들에게 화를 낸다. 반항한다. 이 시는 우리의 아버지들의 모습을 떠올리게 한다. 힘든 시절에 자식을 위해서, 살아내기 위해 십 원 때문에 일 원 때문에 반항하며 겨우겨우 살아낸 이 땅의 가장들의 모습이다. 김수영은 자신을 모래한 알로 비유하고 있다. 그는 일제강점기와 육이오를 지내며 이 땅에 살아남는 것이 얼마나 힘든 일인지 〈거대한 뿌리〉에서 잘 보여줬지만 이 시에서는 분노보다 초라함을 포함한 아픔을 고백한다. 이 시는 고독한 김수영의 맨얼굴을 보여준다. 진실에 다가가려는 몸부림 때문에 김수영이 이러한 시도 쓸 수 있겠다고 말하겠지만 시인이 원초적으로 느끼는 초라한 아픔을 시로 고백하는 것은 쉽지 않다.

이전까지 한국시에서는 자연어라든가 아름다운 언어가 시어라고 생각했지만 우리는 김수영의 시에서부터 욕을 포함한 일상어가 시에 등장한 것을 볼 수 있다. 김수영의 살아 있고자 하는 정신이 욕이나 일상어를 시로 녹였다고 볼 수 있다. 이후에 우리시에는 욕이나 일상어가 등장하여 자유롭게 쓰이고 있으나 김수영처럼 정신의 문제를 다루는 것인지 자신의 감정만을 쏟아놓는 것인지 생각해봐야 할 것이다. 〈어느날 고궁을 나오면서〉는 산문 같지만 반복으로 빚어진 리듬을 통해 의미를 강화하여 시적 힘을 갖는다. 반복이 리듬을 만들고 그 리듬이 의미를 강화하고 있는 것이다. 강화된 의미는 은유 이상의 힘을 갖는다.

야경꾼에게 이십 원 때문에 십 원 때문에 일 원 때문에
우습지 않으냐 일 원 때문에

모래야 나는 얼마큼 작으냐

바람아 먼지야 풀아 나는 얼마큼 작으냐

정말 얼마큼 작으냐······

무엇보다 이 시의 힘은 시인의 솔직함을 넘어선 겸손함이다. 낮은 자세에서 생을 보는 시선이 느껴진다. 김수영이 가장 시인답게 살아 있고자 하는 정신은 4·19혁명과 같은 순수정신일 것이다. 자신의 정신적 가치를 행동으로 옮긴 혁명은 무엇도 대신하거나 같이할 수 없는 진실처럼 고독하다고 본다.

푸른 하늘을 제압하는

노고지리가 자유로왔다고

부러워하던

어느 시인의 말은 수정되어야 한다

자유를 위해서

비상하여 본 일이 있는

사람이면 알지

노고지리가

무엇을 보고

노래하는가를

어째서 자유에는

피의 냄새가 섞여있는가를

혁명은

왜 고독한 것인가를

혁명은

왜 고독해야 하는 것인가를

- 〈푸른 하늘을〉

　푸른 하늘을 제압하던 노고지리(종달새)가 자유로웠다고 노래하던 어느 시인의 말이 수정되어야 할 이유는 노고지리(종달새)의 비상은 본능이기 때문이다. 자유는 타고난 본능이 아니라 피로 값을 지불하고 쟁취하는 것이다. 시인은 자유를 얻기 위해서는 반드시 희생이 따른다고 보았다. 이것은 남북 분단과 강대국의 간섭과 썩은 정치를 일소하고자 하는 4·19를 겪으면서 한 시인이 발견한 진리이다. 그런데 시인은 "혁명은/ 왜 고독해야 하는 것인가"를 물으며 피의 희생과 고독을 연결하고 있다. 물론 이 고독은 감성적 고독이 아니라 정신적 고독이다. 혁명의 희생과 정신적 고독 사이에는 시인의 관념이 자리하지만 시인은 어떤 것의 도움 없이 도달해야만 하는 혁명의 순수성을 절대적 고독의 순간으로 보고, 시도 이와 같은 절대적 고독의 상태에서 창조적 힘을 갖는다고 본다. 즉 시인은 혁명에서 시를 본 것이다. 이 정신이 김수영의 마지막 작품인 〈풀〉에 역동적인 힘을 불어넣었다.

　풀이 눕는다

비를 몰아오는 동풍에 나부껴

풀이 눕고

드디어 울었다

날이 흐려서 더 울다가

다시 누웠다

풀이 눕는다
바람보다 더 빨리 눕는다
바람보다도 더 빨리 울고
바람보다 먼저 일어난다

날이 흐리고 풀이 눕는다
발목까지
발밑까지 눕는다
바람보다 늦게 누워도
바람보다 먼저 일어나고
바람보다 늦게 울어도
바람보다 먼저 웃는다
날이 흐리고 풀뿌리가 눕는다

- 〈풀〉

이 시는 민중의 끈질긴 생명력이나 민중의 강인함 등으로 읽혀왔
다. 그러나 시를 구체적으로 읽어보면 다른 세계를 만날 것이다. 이
시는 풀과 바람의 역학관계를 보여준다. 1연 앞부분은 풀이 비를 몰
아오는 동풍에 나부껴 풀이 눕고 울었다고 한다. 1연 뒷부분은 날이
흐려서 풀이 더 울다가 다시 누웠다고 하나 2연부터는 능동적이다.
풀이 바람보다도 더 빨리 울고 더 빨리 눕고 더 빨리 일어난다. 3연에
서 풀은 누워도 발복까지 발밑까지 확실하게 눕는다. 그리고 시금은
날이 흐리기만 한데도 풀뿌리까지 벌써 눕는다. 풀이 바람을 알고 먼
저 능동적으로 그리고 역동적으로 움직이는 모습을 보여준다. 1연의
풀이 바람 때문에 피해를 봤다면 그 후부터는 바람이 불기도 전에 풀

은 먼저 눕고 아직 바람이 불어도 별거 아니라는 것을 알면 먼저 일어나 웃는다. 즉 풀이 바람을 알아차린 것이다. 이 시에서 풀을 민중이라 한다면 아무나 민중이 아니라 바람의 속성을 파악하고 바람으로부터 피해를 최소한으로 받는 지혜로운 사람이 진정한 민중이라는 김수영 식의 민중을 생각하게 한다.

현실에 실제로 존재하지 않는 대상이나 개념을 형상화하여 움직여나가는 경우가 관념적이라면 이 시는 관념적이다. 풀을 바람을 파악한 지혜로운 민중이라는 비유로 읽기 전에 바람보다도 더 빨리 움직이는 풀은 세상에 없기 때문에 자연스럽지 않다. 그러나 시인은 풀과 바람의 관계에서 출발을 했지만 풀의 속성보다 정신의 강렬함으로 풀을 움직이고 있다.

아우스테를리츠와 워털루에 시체를 높이 쌓아라.
그들을 땅속에 묻으라, 내가 일하게시리___
            나는 풀이다, 모든 것을 덮는다.

게티스버그에도 높이 쌓아라.
이쁘레와 베르뎅에도 높이 쌓아라.
땅속에 묻으라, 내가 일 하게끔.
이 년 지나, 십 년 지나, 손님들은 차장에게 물으리라,
            여기가 어디요?
            우린 지금 어디 있소?

나는 풀이다
내게 일거리를 주라.
                        ― 칼 샌드버그 〈풀〉

이 시는 풀이 모든 것을 덮는다는 풀의 속성을 가지고 시간이 지나버리면 어떤 전쟁의 희생자도 잊고 아무렇지 않게 살아가는 역사의 비인간성과 무책임성을 얘기한다. 아우스테를리츠나 워털루라는 유럽의 전쟁터에서나 게티스버그나 이쁘레나 베르렝이라는 미국의 전쟁터에서 많은 사람들이 각각의 명분으로 죽고 희생당했지만 세월이 지나면 아무도 기억하지 않는다. 마치 풀이 모든 것을 덮어버렸듯이 그들의 죽음은 흔적도 없다. 풀은 자신이 일을 더 할 수 있도록 전쟁을 계속 더 하라고 하며 아이러니로 시가 끝난다. 개인의 희생이 역사의 흐름에서는 아무 일도 아니었음을 드러낸다. 이 시와 달리 김수영의 〈풀〉은 주문처럼 반복적으로 리듬을 통해 풀이 바람보다 더 빨리 울고 더 빨리 일어나길 바라는 김수영의 정신을 강하게 드러낸다.

김수영은 훌륭한 시인이다. 살아 있고자 하는 정신으로 시를 썼기 때문에 오늘날도 살아 있고 언제나 살아 있을 것이다. 김수영은 모든 사람들이 어깨에 힘을 주고 자신을 세상의 중심에 놓으려고 할 때 모래 한 알보다 작은 시인 정신을 보여줌으로써 시인이 무엇인가를 생각하게 한다. 이 혼란한 시대에 모래 한 알보다 작은 시인을 기다린다.

15

박용래

열사흘 부엉이

　칠월의 불볕으로 시원한 바람을 아무리 쐬어본들 마음과 몸이 녹아내려 길게 늘어진다. 환경을 바꿀 수 없을 때 청량감을 몰아올 방법을 생각하다 시원한 긴장감을 주는 시를 읽어본다.

> 누웠는 사람보다 앉았는 사람
> 앉았는 사람보다 섰는 사람
> 섰는 사람보다 걷는 사람
> 혼자 걷는 사람보다 송아지 두, 세 마리 앞세우고
> 소나기에 쫓기는 사람.
>
> 　　　　　　　　　　　　　　　　－ 〈소나기〉

　누워 있는 것보다 앉아 있는 것, 앉아 있는 것보다 서 있는 것, 서있는 것보다 걷는 것, 걷는 것보다 쫓기는 것, 점점 차오르는 긴장감이 느껴진다. 그것도 길들여지지 않은 송아지 뒤에서 소나기에 쫓기는 사람이 느끼는 어쩔 수 없이 절제된 긴장감. 점층적으로 쌓아온 긴장이 더 빨리 달릴 수 없어 폭발하지 못하고 유지된다. 시에서 리듬은 반복을 통해 형성된다. 통사 구조의 반복이든 어절의 반복이든 반복은 리듬을 통해 의미를 강화하거나 무화한다. 박용래의 〈소나기〉는 리듬을 통해 의미보다 긴장이 강화된다. 박용래 시에서의 반복으로 형성된 리듬은 단순한 의미의 강화 이상으로 시적 기운을 확산시킨다.

늦은 저녁 때 오는 눈발은
말집 호롱불 밑에 붐비다

늦은 저녁 때 오는 눈발은
조랑말 발굽 밑에 붐비다

늦은 저녁 때 오는 눈발은
여물 써는 소리에 붐비다

늦은 저녁 때 오는 눈발은
변두리 빈터만 다니며 붐비다

　　　　　　　　　　　　　　　　　－ 〈저녁눈〉

박용래의 대표시일 것이다. 통사적으로 반복되어 있다. 1연은 늦은 저녁 때 말집 호롱불을 켜면 어두운 주변과는 달리 환해져서 보이는 눈발 때문에 호롱불 밑에 '붐비다'라는 말을 썼다. 즉 말집에 밤늦게 손님이 와서 불을 켰다는 것을 보여준다. 2연에는 손님인 조랑말이 밤늦도록 바쁘고 힘들게 눈을 헤치고 달려온 모습을 발굽 밑에 '붐비다'라고 하고 있다. 3연에는 주인이 말을 위해 여물을 썰고 저녁 준비하느라 부산하게 움직이는 모습을 보여주기 위해 '붐비다'라는 말을 썼다. 4연의 변두리 빈터 같은 삶을 사는 사람이 밤이 늦어서야 하루를 마감하고 눈을 맞으며 변두리 빈터 같은 숙소로 들어가기 때문에 눈은 그곳에만 다니며 '붐비다'라고 한 것이다. 이 시에서 '늦은 저녁에 오는 눈발은 ~에서 붐비다'라는 통사적 반복은 일견 같은 의미의 병렬 같아 보이지만 그 의미가 점차 확장되는 것을 알 수 있다. 그리고 '저녁눈'에 대해 얘기하고 있지만 시인은 '생명에 대한 연민이나 애정'을 보여주고 있다. 지금은 말집이 없어졌지만 예전에는 말이나 당나귀에 달구지를 채워 달아 짐을 실어 운송을 하였다. 눈이 내려 미끄럽고 추운 거리를 짐을 끌고 밤늦도록 달려온 조랑말은 얼마나 힘이 들었을까? 또 마부는 얼마나 고되고 힘이 들었을까? 그들을 맞이하는 말집 사람들의 태도는 부산스럽고 따뜻하다. 시인은 저녁 눈이 내리고 춥고 힘든 상황을 살아내는 이러한 삶이 안타까운 듯하다. 이 시는 시적 화자가 직접 등장하지 않고 저녁 늦게 눈이 내리는 풍경을 보여주는 것 같지만 풍경이 안고 있는 사람을 얘기한다.

박용래는 풍경이나 사물을 통해 삶을 보여주는 특징을 갖는다. 일반적으로 서정시에서는 객관적 상관물을 통해 감정을 절제하여 비유(메타포)를 만들지만 박용래는 풍경이나 사물을 통해 감정을 절제하고 사람을 생각하게 한다. 〈저녁눈〉에 나타난 '호롱불', '조랑말 발굽 밑', '여물 써는 소리', '변두리 빈터'와 '붐비다'는 시인의 생관(生觀)과 상상력이 결합되어 소외된 삶을 드러낸다. 박용래의 시는 비유(은유)를 사용하여 사람과 사물을 같이 붙이지 않았는데도 사람의 삶을 생각하게 하는 특징을 가졌다.

남은 아지랑이가 훌훌 타오
르는 어느 역 구내 모퉁이
어메는 노오란 아베도 노란
화물에 실려 온 나도 사 오
요요 강아지풀. 목마른 침묵
은 싫어 삐걱삐걱 여닫는
바람 소리 싫어 반딧불 뿌
리는 동네로 다시 이사 간
다. 다 두고 이슬 단지만 들
고 간다. 땅 밑에서 옛 상여
소리 들리어라. 녹물이 든
오요요 강아지풀.

- 〈강아지풀〉

어릴 때 강아지풀로 친구들 목덜미를 간질이며 놀았던 기억이 누구나
있을 정도로 친숙한 사물로 쓰인 시이다. 녹색 강아지풀이 "노오란" 강아
지풀이 된 것으로 보아 계절적으로 여름이 끝나고 가을로 접어드는 시기
로 보인다. 여기서 "노오란"은 "아지랑이가 훌훌 타오르는" 이미지와
결합하여 건강하지 않고 어지러운 상태를 보여준다. 마지막에 "녹물"이
든 강아지풀은 가을의 끝에 사그라지는 강아지풀, 생명의 기운이 땅 밑
으로 내려간 강아지풀이다. 이 시도 앞의 시 〈저녁눈〉처럼 사람이 보이
지 않지만 쉽게 생각할 수 있도록 이중적으로 표현했다. 풀밭에 있지
않고 어느 역 구내 모퉁이의 화물에 실려온 강아지풀 가족은 현기증을
일으킬 정도로 환경에 맞지 않고 가난하고 힘들다. 그래서 이사를 가는
데 땅 밑에서 상여 소리가 들린다. 식물인 강아지풀의 계절 변화에 따른

사멸을 예견하여 보여주지만 의인화한 만큼의 의미도 같이 실린다. 그런데 시인은 슬픈 이미지를 "오요요"라는 강아지를 부르는 듯한 소리와 결합하여 귀여운 느낌으로 슬픔으로의 몰입을 차단하여 긴장을 만든다.

일반적으로 박용래의 시는 절제되어 긴장으로 이루어져 있다는 것을 누구나 아는 사실이다. 특히 시에서 시적 주체가 사람으로 드러나지 않는 경우의 긴장은 여운과 함께 아픔을 준다.

> 바닥 난 통파
> 움 속의 降雪
> 꼭두새벽부터
> 降雪을 쓸고
> 동짓날
> 시락죽이나
> 끓이며
> 휘젓고 있을
> 귀뿌리 가린
> 후살이의
> 木手巾.
>
> — 〈시락죽〉

동짓날 꼭두새벽부터 쌓인 눈을 쓸고 시래기죽을 끓이는 후살이의 목수건(木手巾)이 보인다. 동짓날 팥죽도 못 끓일 정도의 살림살이, 시래기죽도 별반 넣은 것이 없어 휘저어도 될 만큼 멀겋다. 시인은 가난이나 고통을 직접 말하지 않고 풍경처럼 보여준다. 후살이는 후처가 아니라 첫 남편과 사별이나 이혼을 하고 재혼한 경우를 말한다. 우리의 시선을 끄는 것은 시적 주체로 보이는 추운 날씨에 귀뿌리를 감싸고 있는 무명수건이다. 더울 때는 무명수건이 요긴하지만 추울 때는 더욱 차가울 것이다. 후살이의 삶이 가난한 환경 속에서 다시 시집을 갔지만 안 간 것과 별반 다르지 않고 여전히 고통스러운 것을 보여준다. 한겨울 추위를 가리려고 두른 후살이의 무명수건(木手巾)이 있으나마나 한 것처럼. 눈물의 시인 박용래는 자신만 울지 않고 시를 통해 독자도 울린다. 이 시를 보고 가슴이 먹먹하지 않을 사람이 누가 있을까? 그런데 시의 제목을 비유로 처리하여 '목수건'으로 하지 않고 '시락죽'으로 잡은 것은 앞에서 본 박용래 시의 특징을 잘 드러낸다. 시인은 의미보다 정서를 환기하는 데 더 주목한 것이다.

언뜻 보면 시의 내용과 무관한 듯해 보이는 보름 이틀 전인 '열사흘'을 제목으로 하고 있는 〈열사흘〉은 박용래 시 중에 가장 의미가 숨어 있는 시라고 할 수 있겠다.

부엉이
은모래
한 짐 부리고
부헝 부헝
부여 무량사
부우헝
열사흘
부엉이
은모래
두 짐 부리고
부헝 부헝

서해 외연도
부우헝

부엉이가 은모래 한 짐 부리는 것과 서해 외연도가 연결되는 것은
무엇일까? 부헝 부헝과 부우헝이다. 밤에 우는 부엉이 소리와 서해 외
연도의 뱃고동 소리이다. 부여 무량사와 외연도는 거리가 멀다. 외연
도는 보령에서 가장 먼 섬이다. 안개에 싸인 듯 멀리 보여 외연도라는
이름이 붙여졌다고 한다. 부엉이 울음과 뱃고동 소리가 연결하는 내용
은 짐을 부리는 것이다. 부엉이 은모래 한 짐 부리고, 부엉이 은모래
두 짐 부린다고 하나 실제적으로 짐을 부릴 수 있는 것은 사람이다.
즉 배에서 짐을 싣고 내리는 부두 노동자이다. 부여 무량사는 세조의
정권찬탈에 분노하여 전국을 방랑하다가 죽은 『금오신화』를 쓴 김시
습의 영정이 모셔 있는 곳이다. 시인은 일평생 불행하게 살았던 김시
습이 죽은 곳인 무량사와 서해 외연도를 부엉이 울음과 뱃고동으로
연결시키고 있다. 밤의 부엉이 울음, 김시습, 부두 노동자의 삶은 모
두 열사흘 같은 삶을 보여준다. 보름달이 되기 이틀 전의 삶. 한 번도
꽉 찬 만월이 되지 못한 삶. 이들은 뭔가가 부족해 채워도 채워지지
않은 달처럼 살다 갔다. '열사흘'은 이 시의 의미를 집약한다. 김시습
이 그랬듯 부두 노동자들도 평생 고생을 하고 열심히 살아도 보름달
같은 가득 찬 기쁨으로 생을 누릴 수는 없을 것이다. 시인은 이들의
생에 대한 연민과 안타까움을 열사흘이라는 상징으로 보여준다. 이
시 역시 사람은 보이지 않는다. 소리가 환기하는 의미를 따라가다 보
면 사람을 만나게 된다. 소외되고 힘든 삶을 안타까워한다 하더라도
부엉이가 은모래를 부린다는 것은 동화적이기도 하고 예쁘기도 하다.

어찌 보면 〈열사흘〉은 김시습이나 서해 외연도의 부두 노동자뿐만 아니라 보름을 향해 평생 애를 쓰고 아등바등거려도 보름달처럼 환해질 수 없는 우리의 삶을 박용래 식으로 슬프고 아름답게 보여주는 것은 아닌가 생각해 본다. 그리고 그의 시세계가 열사흘 같은 삶에 대한 안타까움과 애정을 드러내고 있는 것은 아닌지. 그리고 그 또한 열사흘의 아름다움으로 살다 간 것은 아닌지.

16
박용래

종이, 종이, 울린다 시소오처럼

　하이데거는 문장의 주어는 희랍어 '휘포케이메논'(본질)의 어의가
변용된 것으로, 술어는 사물의 특징을 진술하는 서술어라고 함으로써
사물과 문장 사이에 놓인 근본 관계를 문장구조로 밝힌 바 있다. 주어
와 서술어는 인간이 원래적으로 문장을 통해 사물을 파악했던 방식을
시사하지만 오랜 관습에 의해 굳어져 이전의 어떤 것은 잊어버린 채
로 사용되어왔다. 시인은 잃어버리거나 감춰진 원시적 감각을 다시 찾
기 위해 시를 쓴다. 그래서 시인은 사물 사이의 숨은 것을 명명하고자
할 것이다.

　박용래의 시는 사물이 나열만 되었거나 감각만 남아 있는 경우가
많다. 주어와 술어가 사물의 본질과 특징을 드러내는 관계이지만 서술
어 없이 주어, 즉 명사만 나열된 것을 접한다면 주어가 지니고 있는 특
징을 유보하거나 그 의미를 드러내지 않겠다는 의지를 보인 것이다. 박
용래 시의 이러한 특징은 사물이 관습화되기 전의 어떤 것을 말하려는

것이라고 볼 수 있다. 그는 주어와 관련한 서술어를 지우고 사물이 지닌 본질적이고 원래적인 어떤 면을 환기하고자 하기 때문이다. 그렇게 반복되는 사물은 리듬을 만들어 긴장을 형성하여 정서를 쌓는다.

> 탱자울에 스치는 새떼
> 기왓골에 마른 풀
> 놋대야의 진눈깨비
> 일찍 횃대에 오른 레그호온
> 이웃집 아이 불러들이는 소리
> 해 지기 전 불 켠 울안.
>
> — 〈울안〉

구체적인 사물이 나열되었으나 서술어가 없다. 갑자기 새떼가 스치고 기왓골에 마른 풀에는 아직 눈이 덮이지 않았으나 저녁에 누군가 써야 할 놋대야에는 진눈깨비가 덮였다. 평상시보다 일찍 횃대에 올라간 닭. 이웃집에서는 바깥에서 노는 아이를 불러들일 정도로 날이 갑자기 어두워졌다. 아직 해가 지기 전인데 울안에는 불이 켜진다. 해가 짧은 겨울이지만 이날은 진눈깨비가 날려 더 빨리 어두워져서 불안감이 스친다. 울안으로 모여든 이러한 사물들은 평상시와 다른 느낌을 보인다. 이 긴장의 순간에 모두 울안에 모여서 안도감이나 다행이라는 감정을 엿볼 수도 있을 것이다. 그러나 상상력이란 모든 양면 가치의 외향과 내향의 두 방향에서 출발하는 중심점 이외에 아무것노 아니라는 바슐라르의 견해처럼 나열된 명사들로 환기되는 이미지들은 존재 내부에 작용하는 상반적 감정의 다툼을 예민하게 발현시킨다. 평상시와 다른 뭔지 모를 상황과 그것을 대하는 생명들 사이의 긴장이 울안에 모여 있다. 시의 제목 '울안'은 위의 사물들을 한 공간 안으로 모은 것이다. 진눈깨비 날리는 겨울 오후의 정경은 밤도 아닌데도 어둠에 싸여 불이 켜진 만큼을 울안에 담고 있다. 서술어가 없는 위 시에서 시적 화자는 갑작스런 환경이나 날씨의 변화와 이에 반응하는 사물의 긴장감 사이의 이중적 감정을 표현하고 있는 것이다.

　　　　앵두꽃 피면
　　　　앵두바람
　　　　살구꽃 피면
　　　　살구바람

　　　　보리바람에
　　　　고뿔 들릴세라
　　　　황새목 둘러주던
　　　　외할머니 목수건

　　　　　　　　　　　　　　　- 〈앵두, 살구꽃 피면〉

　앵두꽃이 피고 살구꽃이 피는 봄에도 보리바람 부는 오월에도 감기 걸릴까 걱정하시며 목수건을 목에 둘러주시던 외할머니가 무척 그립다는 이 시에서는 '목수건'이 할머니의 사랑을 의미한다. '할머니의 목수건'은 〈시락죽〉에 나타난 '후살이의 목수건'과 달리 할머니의 사랑을 의미하는 메타포지만 이 시 또한 제목에 의미보다 정서를 실었다. 앵두바람, 살구바람, 보리바람이라는 말은 없지만 시인이 명명한 이 바람들은 살갑고 부드러운 봄을 느끼기에 충분하다. 부드러운 바람도 걱정하며 "고뿔 들릴세라/ 황새목 둘러주신/ 외할머니 목수건"

은 그리움이 구체화되어 시적 순간으로 확산되는 순간이다. 외할머니의 목수건에 대한 서술어가 없어도 '생각난다', '그립다', '떠오른다' 등을 읽을 수 있지만 이렇게 서술어가 들어가면 시의 긴장이 떨어지고 밀도가 없어진다.

> 잠 이루지 못하는 밤 고향집 마늘밭에 눈은 쌓이리.
> 잠 이루지 못하는 밤 고향집 추녀밑 달빛은 쌓이리.
> 발목을 벗고 물을 건너는 먼 마을.
> 고향집 마당귀 바람은 잠을 자리.
>
> — 〈겨울밤〉

긴 겨울밤에 잠이 오지 않아 고향집 마늘밭의 흰 눈과 추녀 밑의 흰 달빛이 생각나는 것인지, 눈이 온 겨울밤에 그 그리움 때문에 잠을 잘 수 없는 것인지 시인은 드러내지 않았지만 아마 후자 때문일 것이다. 같은 통사 구문의 반복으로 리듬이 형성되면서 시적 화자의 현재의 시간은 지워지고 어느 사이 고향으로 가게 된다. 그런데 마을은 발목을 벗고 물을 건너가서 너무 멀리 있다. "먼 마을"은 거리적으로 멀리 있다기보다 시인의 현실과 다른 상황인 것을 드러낸다. 〈겨울밤〉에서 움직이는 주체는 사람이 아니고 "발목을 벗고 물은 건너는 먼 마을"이다. 일반적으로 읽듯이 시적 화자가 발목을 벗고 물을 건너는 것으로 읽으면 시의 전반적인 주체인 고향(과거의 시간)에 갑자기 시인인 시적 화자(현재의 시간)가 끼어늘어 밀도가 떨어진다. 시인이 그 장소로 들어가지 않았기 때문에 시인은 잠이 들지 못하나 "고향집 마당귀 바람은 잠을 자리"라는 추측이 가능해진다.

모과나무, 구름

소금 항아리

삽살개

개비름

主人은 不在

손만이 기다리는 시간

흐르는 그늘

그들은 서로 말을 할 수 없다

다만 한 家族과 같이 어울려 있다

- 〈뜨락〉

잎 넓은 모과나무, 개비름이 올라오고 구름이 흐르는 한가한 여름이다. 주인은 없으나 바쁠 것 없는 손[客]이 구름처럼 흘러가는 시간을 잊은 채 아무렇지도 않게 어울려 있다. '뜨락' 안에 사물은 가족처럼 모두 닮아 있다. 이 시에서 사물이 나열되다가 갑자기 시적 순간을 맞이하는 것은 "흐르는 그늘"이라는 구절 이후이다. 장소적 개념인 '뜰'을 "뜨락"으로 씀으로써 시인은 햇볕이 내리쬐는 뜰에 사물들이 안기어 서로 말을 할 수 없지만 모두 흐르는 그늘로 내통하고 있음을 보여준다. 시인은 각 사물들에게도 특별한 서술어를 부여하지 않고 뜨락 안의 사물을 나열하여 서로 닮아 부족한 대로 어울려 있는 모습을 편안하게 보고 있다.

첩첩 산중에도 없는 마을이 여긴 있습니다. 잎 진 사잇길
저 모래뚝, 그 너머 강기슭에서도 보이진 않습니다. 허방다리
들어내면 보이는 마을.
갱(坑) 속 같은 마을. 꼴깍, 해가, 노루꼬리 해가 지면 집집

마다 봉당에 불을 켜지요. 콩깍지, 콩깍지처럼 후미진 외딴
집, 외딴집에도 불빛은 앉아 이슥토록 창문은 모과(木瓜)빛입
니다.

- 〈월훈(月暈)〉 부분

갱 속 같은 마을에 창문이 모과 빛인 외딴집은 첩첩산중에 있지
않고 가을의 잎 진 사잇길로도 갈 수 없다. 모랫둑이나 그 너머 강기
슭으로도 갈 수 없는 그곳은 허방다리를 들어내야만 갈 수 있다. 시의
앞부분은 산문으로 이루어진 통사 구문이 반복되어 리듬이 형성되고
그 호흡이 정서를 준비하다가 '허방다리'라는 뜻밖의 사물을 만나게
된다. 허방다리는 땅을 깊게 파고 은폐하여 겉으로는 보이지 않지만
한번 빠지면 스스로 나올 수 없는 덫이다. 도시의 소음과 분리된 첩첩
산중도 아니고, 가을 낙엽이 지는 낭만적인 길도 아니고 모랫둑 길이
나 강기슭의 정서적인 공간도 아닌 사람이나 짐승을 잡는 허방다리
(덫)를 들어낸 공간이야말로 시인이 생각하는 순수한 공간이다.

따라서 궁벽하지만 월훈이 뜨는 비현실적인 순수한 공간은 허방다
리(덫)을 들어내야만 갈 수 있다. 사물인 '덫'이 형이상학적인 개념으
로 바뀌었다. 얼마나 많은 사람들이 '허방다리'를 만나고 그곳을 빠져
나오려고 애쓰면서 살아내는지 시인은 잘 알고 있는 듯하다. 시인이
생각하는 순수하고 평화로운 공간은 허방다리(덫)가 없는 곳이다. 허
방다리를 들어내는 순간은 일상의 시간에서 시적 순간으로 전이된다.

누이야 가을이 오는 길목 구절초 매디매디 나부끼는 사랑아
내 고장 부소산 기슭에 지천으로 피는 사랑아
뿌리를 대려서 약으로도 먹던 기억

여학생이 부르면 마아가렛

여름 모자 차양이 숨었는 꽃

단추 구멍에 달아도 머리핀 대신 꽂아도 좋을 사랑아

여우가 우는 秋分 도깨비불이 스러진 자리에 피는 사랑아

누이야 가을이 오는 길목 매디매디 눈물 비친 사랑아

- 〈구절초〉

구절초에 대한 사랑과 누이에 대한 그리움이 병치되었다. 〈강아지풀〉과 마찬가지로 사물과 사람이 분리되었다가 은유화되기도 한다. 누이에 대한 그리움이 절절하지만 구절초로 바뀌면서 "여학생이 부르면 마아가렛"이라는 행에서 낯설지만 산뜻한 여학생 이미지가 슬픔을 경쾌한 이미지로 바꾸고 있다. 평범한 구절초가 시적 순간을 맞이한다.

가을은 어린 나무에도 단풍 들어

뜰에 산사자(山査子) 우연듯 붉은데

벗이여 남실남실 넘치는 잔

해후(邂逅)도 별리(別離)도 더불어 멀어졌는데

종이, 종이 울린다 시이소처럼

- 〈잔〉

가을 단풍을 배경으로 친구와 술을 나누고 있는 상황을 보여준다. 술을 마시는 동안은 해후의 기쁨도 별리의 슬픔도 잊는다. 술잔을 부딪치면 종처럼 소리가 울리고, 마음의 종도 울린 듯 즐겁다. 친구가 잔을 비우면 시적 화자인 내가 채워주고 내가 잔을 비우면 친구가 채워줘서 번갈아가며 잔을 채우는 것이 "시이소"를 타듯 즐겁다. 별 내

용이 없지만 가을날 벗과 술 마시는 소박한 즐거움을 "종이, 종이 울린다 시이소처럼"이라고 하여 시적 전이의 극치를 보여준다.

박용래 시의 사물의 나열은 사람이 보이지 않지만 삶을 느끼게 하고 생명을 보게 한다. 특히 사물이 환기하는 긴장과 정서가 쌓여 독특한 정서를 표출한다.

> 뭣하러 나왔을까
> 멍멍이,
> 망초 비낀 논둑길
> 꼴 베는 아이
> 뱁새
> 돌아갔는데
> 뭣하러 나왔을까
> 누굴 기다리는 것일까,
> 솔밭에 번지는
> 상가의 불빛
>
> — 〈물기 머금은 풍경 1〉

누구의 죽음인지 알 수 없으나 상가(喪家)에서 앉았다가 나온 시적 화자는 "뭣하러 나왔을까"라고 하며 시를 집중시키고 있다. 뱁새가 돌아갈 시간, 해지는 어스름, 멍멍이에게 묻는 것인지 시적 화자 스스로에게 묻는지 알 수 없으나 논둑길에서 꼴을 베던 아이는 돌아가고, 시적 화자는 상가의 불빛이 번지는 솔밭을 바라보고 있다. "누굴 기다리는 것일까"는 마치 시인이나 멍멍이가 죽은 사람을 기다리는 듯하다. "물기 머금은 풍경"이라는 제목이 상기하는 것처럼 화자는 슬픈 마음을 주체할 수 없음을 보여준다. 일반적으로 시에 쓰이는 개의 이미지와 달리 이 시에 등장하는 멍멍이는 슬픔을 더욱 절절하게 한다. 멍멍이는 죽음을 이해할 수 없기 때문에 밤이 늦도록 계속해서 언제까지 기다릴 것이기 때문이다.

17

김종삼

누구나 그 수심(水深)을 모른다

시는 시인의 삶과 무관하지 않다. 일반적으로 김종삼을 가장 순도 높은 순수한 시세계를 보여주는 시인으로 혹은 실낙원의 상태에서 낙원 회귀를 열망하는 시인으로 보고 있다. 1921년 황해도 은율에서 태어난 김종삼은 1953년에 〈원정〉을 발표하면서 시작 활동을 시작했다. 이후 그는 죄의식, 어린 시절에 대한 회상, 아이들의 죽음이나 상실의 세계를 보여줬다. 시를 쓰기 시작하면서 이십 년 가까운 시간이 지난 1971년에 발표한 〈민간인〉은 이러한 김종삼 시의 정신적 배경을 드러낸다. 1947년의 경험을 스물 몇 해가 지나서 발표함으로써 그는 그의 고통의 진원지를 보여준 셈이다. 무엇보다 이 일로 시인 자신은 계속해서 죄책감에 시달렸을 것이고, 이 일이 1950년 부산 피난지에서 그로 하여금 시를 쓰게 한 것인지도 모른다. 시를 통해 스물 몇 해가 지나서야 비로소 말할 수 있게 된 이 일은 그간의 그의 시에 나타난 죄의식의 구체적 이유를 보여준다.

1947년 봄
深夜
黃海道 海州의 바다
以南과 以北의 境界線 용당포

사공은 조심조심 노를 저어가도 있었다.
울음을 터뜨린 한 嬰兒를 삼킨 곳.
스무몇해나 지나서도 누구나 그 水深을 모른다.

                – 〈민간인(民間人)〉

시적 화자를 포함한 배에 탄 사람들은 모두 살기 위해 아기를 죽여야만 했다. 평상시에는 사람들이 가장 보호해야 하는 어린 아기인데도 불구하고 사람들은 그 아기를 희생시키고 살아남았다. 살아남은 사람들은 평생 죄책감으로 살아야만 했을 것이다. 그래서 시인은 스물몇 해나 지나서도 누구나 그 수심을 모른다고 한다. 영아를 죽이고 살아남은 사람들의 고통과 죄의식은 아기를 삼킨 컴컴한 밤의 바닷물만큼이나 불안으로 가슴 깊이 자리 잡았을 것이고 스스로를 용서할 수 없도록 억압했을 것이다.

일반적으로 이 시는 김종삼 시인의 전쟁 체험과 월남 시인으로서의 고통을 얘기하는 데 많이 인용된다. 그러나 이 시는 시인이 느끼는 고통에만 머물러 있지 않다. 시인은 어떤 설명도 덧붙이지 않고 사실만 쓰고 있는데 그 사실이 마지막에 '수심(水深)'이라는 상징을 통해 이 땅에 힘없는 민간인으로 살아가는 사람 모두가 지닐 수밖에 없는 심적 고통의 깊이를 보여준다. 잠시 휴전 중인 상태나 분단 상황에서의 민간인은, 재력과 권력과 무관한 일반인은 살아가면서 모두 깊이를 알 수 없는 고통 속에 한 번씩 또는 그 이상 빠졌을 것이다. 김종삼 시인의 고통은 본인이 의도하지 않은 이 죄책감의 깊이에서 비롯된다고 보겠다. 민간인은 오로지 살기 위해 스스로 양심을 물속으로 가라앉혔지만, 어떻게 보면 그들은 인간다움을 포기하도록 강요당한 역사의 희생자들인 것이다. 시인은 자신의 의지나 성격과 무관하게 진행되는 삶의 폭력 앞에서 무기력하게 가해자가 된 민간인의 아이러니적 상황을 보여준 것이다. 사회가 불안할수록 민간인은 가해자이면서 모두가 피해자가 되는 삶을 살아야 하는 것이 인간의 삶의 조건이다. 시인이 느끼는 생관(生觀)은 아이러니일 수밖에 없다. 존재하는 것 같지만 존재하지 않는 것 같고, 고통을 받아 고통스럽지만 다시 고통을 주는 인간의 삶의 조건을 바라보는 시인의식은 아이러니이고 허구일 수밖에 없다. 그의 시에서 보이지 않는 소리와 보이지 않는 세계와의 결합은 경험적 세계와는 다른 새로운 의식을 열어둔다.

희미한
풍금 소리가
툭툭 끊어지고
있었다

그 동안 무엇을 하였느냐는 물음에 대해

다름 아닌 인간(人間)을 찾아다니며 물 몇 통 길어다 준 일
밖에 없다고

머나먼 광야(廣野)의 한 복판 얕은

하늘 밑으로
영롱한 날빛으로
하여금 따우에선

- 〈물통〉

　교회당이나 성당에서 들을 법한 풍금소리가 의식 속으로 들어왔다
나갔다 하는 사이 "그 동안 무슨 일을 하였느냐"는 물음이 던져진다.
이 질문은 누가 누구에게 한 것인지 드러나지 않는다. "다름 아닌 인
간(人間)을 찾아다니며 물 몇 통 길어다 준 일밖에 없다고"를 많은 사
람들은 시인이나 시적 화자가 한 일로 보고 있다. 죄책감으로 살아가
고 있는 시인이 타인을 위해서 무엇을 했다고 감히 말을 할 수 있겠는
가? 더욱이 자신의 삶을 유지하기도 어려운데 자신의 유익이나 기쁨
과 무관하게 순수하게 누군가를 위해 자신의 시간과 물질을 바쳐 정
성을 들여본 적이 있었겠는가? 이 부분은 누구에게나 해당되는 말일
것이다. 시인은 "인간을 찾아다니며"라고 하며 찾아다닌 주체가 인간
이 아님을 말하고 있다. 시적 주체가 인간이라면 자신과 무관한 듯
"인간을 찾아다니며"라는 말은 쓰지 않기 때문이다.

　결국 문장구조를 보면 시적 화자는 자신의 행동을 말한 것이 아니
라 "머나먼 광야(廣野)의 한 복판 얕은/ 하늘 밑으로/ 영롱한 날빛으
로/ 하여금 따우에선"으로 보아 "영롱한 날빛"이 인간을 찾아다니며
물 몇 통 길어다 준 것을 드러내고 있다. "날빛으로/ 하여금"에서 "하
여금"은 사동 표현으로 누군가가 '날빛'에게 시킨 것을 알 수 있는데
그 존재는 인간이 아닌 날빛을 부리는 인간 이상의 존재임을 드러낸
다. 인간을 찾아다니며 물 몇 통 길어준 행동의 주체는 어떤 존재에
의해서든 혹은 어떤 기운에 의해서든 "영롱한 날빛"이 된다. 그동안

무엇을 하였느냐는 물음은 시적 화자가 희미한 풍경소리 뒤에 나타나는 존재에게 던진 질문일 것이다. 영혼을 느끼게 하는 그 존재는 시적 화자의 질문에 땅 위에선 갈증을 풀어줄 물 몇 통을 머나면 광야의 영롱한 날빛으로 하여금 길어다준 일밖에 없다고 대답한다. 어쩌면 이 시는 시인의 신에 대한 질문일 것이다. 인간을 찾아다닌다는 것과 머나면 땅 위의 영롱한 날빛은 현실과 무척 거리가 있다.

> 내용 없는 아름다움처럼
>
> 가난한 아이에게 온
> 서양 나라에서 온
> 아름다운 크리스마스 카드처럼
>
> 어린 양(羊)들의 등성이에 반짝이는
> 진눈깨비처럼
>
> — 〈북치는 소년〉

특히 가난한 시인은 가난한 아이에게 무엇을 해줄 수 있을까? 물질을 나눠주는 것으로 그 아이의 생을 바꿀 수 있을까? 크리스마스나 연말이 되면 사람들은 가난한 아이들이나 가난한 이웃에게 얼마쯤의 물질을 보내곤 한다. 가난한 시인은 무엇을 할 수 있었을까? 가난한 아이에게 온, 하얀 양이 그려지고 그 위에 진눈깨비가 반짝이는 아름다운 카드는 당장 물질적으로 도움이 되지 않지만 아이를 기쁘고 환하게 할 것이다. 내용 없는 아름다움은 이유 없이 그냥 기쁜 것이다. 순수한 기쁨이며 순수한 기쁨의 나눔일 것이다. 무엇으로 환원할 수

없는 기쁨과 아름다움을 김종삼은 내용 없는 아름다움이라 명명한 것
같다. 이 시의 순수한 기쁨을 이해할 때 그의 다른 환상적인 시나 슬
픈 아이를 소재로 한 시가 이해된다. 그러나 그의 순수 기쁨은 그가
월남하면서 죽게 한 아기를 위로하거나 가난한 아이들을 위로하기 위
한 것만이 아니다. 김종삼은 죄책감에 시달리는 자신을 위로하기 위
해서도 순수한 기쁨을 시로 쓴 것이리라. 왜냐하면 그의 정서는 그렇게
만들어졌기 때문이다.

> 누군가 나에게 물었다 시가 뭐냐고
> 나는 시인이 못됨으로 잘 모른다고 대답하였다.
> 무교동과 종로와 명동과 남산과
> 서울역 앞을 걸었다.
> 저물녘 남대문 시장 안에서
> 빈대떡을 먹을 때 생각나고 있었다.
> 그런 사람들이
> 엄청난 고생 되어도
> 순하고 명랑하고 맘 좋고 인정이
> 있으므로 슬기롭게 사는 사람들이
> 그런 사람들이
> 이 세상에서 알파이고
> 고귀한 인류이고
> 영원한 광명이고
> 다름 아닌 시인이라고.
>
>   - 〈누군가 나에게 물었다〉

김종삼은 누구나 그 '수심'을 모르는 죄책감과 고통 속에서도 "순하고 명랑하고 맘 좋고 인정이/ 있으므로 슬기롭게 사는 사람들"을 시인의 참모습으로 정하고 그러한 시인이 되려고 했을 것이다. '명랑하고 맘 좋고 인정 있는' 사람이 되고자 참담한 비극적 상황을 명랑하게, 가난하고 힘든 상황을 따뜻하게 그리려고 함으로써 그는 상처뿐인 현실을 순수한 기쁨으로 돌려놓을 수 있었다. 문학은 당장 현실을 바꿀 수는 없어도 사람들을 아름답게 바라보게 하고 슬픔을 잊게 한다. 1973년에 〈먼 '시인의 영역'〉이라는 글에서 김종삼은 '불쾌'해지거나 '노여움'을 느낄 때 시가 쓰고 싶어진다고 했다. 월남하고 전쟁을 겪은 후 가난한 실향민으로서의 불안한 삶을 살아온 그에게서 기쁨을 찾을 구석은 어디에도 없었다. 그러나 그는 시인으로 자신의 삶을 살아내기 위해 순수한 기쁨을 그리며 먼 시인의 길을 향해 걸었을 것이다.

18
고 은

이야기시

눈발도 날리지 않고 춥기만 했던 겨울, 우수절 지나 부드러운 바람이 불기 시작하면서 봄꽃을 기다려본다. 연일 긴장을 불러오는 남북 상황과 해결되지 않은 역사 문제를 안은 채 우리는 컴퓨터로 짧은 시간에 많은 자료를 찾고, 많은 일을 처리하고, 세계 곳곳을 누비고 있다. 컴퓨터와 속도의 시대에 시가 무엇을 할 수 있을지 시의 본질을 생각해본다. 이는 "지금 이 순간에도 아이들은 굶어 죽고 전쟁으로 사람이 죽어가는데 문학이 무엇을 할 수 있을까?"라는 샤르트르의 물음의 연장일 것이다. 아이들이 굶어 죽기 때문에 사람들이 서로 죽고 죽이기 때문에 문학이 필요하다는 샤르트르 사후에 어느 평론가의 말은 지금도 유효한 것일까?

고은의 『만인보』는 시인이 내란 음모죄, 계엄령 위반 등으로 15년형을 선고받아 복역하던 중 구상되어 1986년부터 발표되기 시작한 연작시집이다. 시인은 이 연작시집을 통해 민족 현실에 온몸으로 맞서

싸운 운동가의 열정을 민중들에 대한 따스한 열정으로 내연시켜 표현하고 있는데, 시인 자신이 직접 밝히고 있듯이 같은 현실 인식을 바탕으로 한 시일지라도 『만인보』 이전의 시세계와 비교해 본다면 『만인보』의 시편들에서는 시인의 현실 인식과 민중의식이 더욱 구체화되어 있어 시인의 성숙한 정신을 잘 보여준다.

『만인보』는 그 제목으로 보아 알 수 있듯이 만 사람에 대한 이야기로 그 이야기의 주인공들은 우리 주위에서 흔히 마주칠 수 있는 인물들이다. 실제적으로 『만인보』 30권, 4,001편에 나타난 주인공들은 시인의 기억 속에 살아남은 인물이든지 역사적인 인물이든지 모두 우리 삶 속에 용해되어 있어 우리 삶의 단면에 자주 나타나는 인물들이다. 그런데 이러한 인물들은 시인의 정신의 움직임과 구성 방법에 따라 시인 자신의 개인적인 인물이 되기도 하고 공적인 인물이 되기도 한다.

　　　① 새터 관전이네 머슴 대길이는
　　　　상머슴으로
　　　　누룩도야지 한 마리 번쩍 들어
　　　　도야지 우리에 넘겼지요
　　　　그야말로 도야지 멱 따는 소리까지도 후딱 넘겼지요
　　　　밥때 늦어도 투덜댈 줄 통 모르고
　　　　이른 아침 동네길 이슬도 털고 잘도 치워 훤히 가리마
　　　났지요
　　　　그러나 낮보다 어둠에 빛나는 먹눈이었지요
　　　　머슴방 등잔불 아래
　　　　나는 대길이 아저씨한테 가갸거겨 배웠지요

그리하여 장화홍련전을 주룩주룩 비 오듯 읽었지요
어린 아이 세상에 눈떴지요
일제 36년 지나간 뒤 가갸거겨 아는 놈은 나밖에
없었지요

대길이 아저씨더러는
주인도 동네 어른도 함부로 대하지 않았지요
살구꽃 핀 마을 뒷산에 올라가서
홑적삼 큰 아기 따위에는 눈요기도 안하고
지게 작대기 뉘어 놓고 먼데 바다를 바라보았지요
나도 따라 바라보았지요
우르르르 달려가는 바다 울음 소리 들었지요
찬 겨울 눈더미 가운데서도
덜렁 겨드랑이에 바람 잘도 드나들었지요
그가 말했지요
사람이 너무 호강하면 저밖에 모른단다
남하고 사는 세상인데

대길이 아저씨
그는 나에게 불빛이었지요
자다 깨어도 그대로 켜져서 밤 새우는 불빛이었지요
                              − 〈머슴 대길이〉

② 나하고 국민학교 일이등 다투었지
부잣집 아들이라

옷이 좋았지

항상 단추 다섯 빛났지

도시락에 삶은 달걀 환하게 들어 있었지

흰 쌀밥에 보리 뿌려졌지

그러나 누구한테 손톱 발톱만치도 뽐낸 적 없지

너희 논 옆에 우리 논 하나 있다

너하고 나도

의좋게 지내자고 굳은 떡 주며 말했지

그런 봉태

수복 직후 아버지 죽은 뒤

동네 사람에게 끌려 가서

할미산 굴 속에서 죽었지

유엔군 흑인 총 맞아 죽었지

그 달밤에

그 캄캄한 굴 속에서 죽었지

봉태야

나는 너 하나 살려낼 수 없었다

네 열일곱 살은 내 열일곱 살이었는데

- 〈봉태〉

①에 등장하는 머슴 대길이는 〈대바구니 장수〉, 〈별초〉 등에도 등장하는 인물이다. 시인은 머슴 대길이를 바람직한 인성과 공동체 의식을 가진, 한 전형적 인물로 내세워 〈머슴 대길이〉에서는 대길이의 건강한 정신을 드러내고, 〈대바구니 장수〉, 〈별초〉 등에서는 대길이의 성품과 인간미를 구체적인 상황 속에서 생생하게 표현하고 있다.

그런데 〈머슴 대길이〉는 이야기의 중심이 어디에 실리느냐 여부에 따라 이야기와 인물의 위상이 달라진다. 〈머슴 대길이〉를 화자인 '나'를 중심으로 하여 볼 경우, 대길이는 나에게 글눈과 세상눈을 뜨게 해 준 나의 이상적인, 사적인 인물이 된다. 그러나 이 시가 실명시라는 점을 고려하여 제목 그대로 '대길이'를 중심으로 볼 경우, 대길이는 공적인 인물이 되어 전형적인 민중의 한 표상이 된다. 만일 시인이 대길이의 구체적인 생활과 비전을 통하여 민중의식을 부각시키려 했다면 시 원문의 마지막 3행을 생략하고 다음 3행을 마지막 연으로 독립시켜 시를 마무리 지어야 했을 것이다.

그가 말했지요
사람이 너무 호강하면 저밖에 모른단다
남하고 사는 세상인데.

인용 부분은 〈머슴 대길이〉에 서술된 이야기 가운데 대길이의 인물됨이 가장 잘 드러난 부분이다. 화자인 '나'에 의해 서술되어온 '대길이'가 '나'를 통하지 않고 직접 자신을 드러내기 때문이다. 시인이 이야기의 중심을 '나'로부터 '대길이'로 바꾸려 했다면 인용된 부분을 끝 연으로 처리했어야 한다. 이 부분이 끝 연이 되었다면 이야기의 중심은 대길이로 바뀌면서 '남하고 사는 세상'이 강조되었을 것이다. 그러나 이 시의 마지막 연이

대길이 아저씨
그는 나에게 불빛이었지요
자다 깨어도 그대로 켜져서 밤새우는 불빛이었지요

로 마무리되어 이 세상이 남하고 더불어 사는 세상임을 체득한 사람을 이상적인 인물로 삼은 '나'가 더 강조되어 보인다.

②에 등장하는 인물은 시인의 어릴 때 친구 '봉태'이다. 시의 내용으로 보면 봉태는 부잣집 아들이지만 공부 잘하고 겸손하여 시인과 의좋게 지내기로 약속한 인물인데 수복 직후 아버지가 죽은 뒤 할미산 굴속에서 유엔군 흑인 총에 맞아 죽은 것으로 서술되어 있다. 주인공이 동네 사람에게 끌려가 유엔군에 의해 죽은 것으로 보아 아버지가 좌익이었거나 봉태 자신이 좌익이었을 것이다. 그러나 시인은 그 점에 대해서 함구하고 있다. 문맥으로 보면 봉태는 이데올로기의 희생물로 그려져 있고 봉태 아버지는 자연사로, 그리고 누나(〈봉태 누나〉)는 역사적인 상황과 무관하게 시집가서 잘 살고 있는 것으로 되어 있다.

봉태의 죽음이 이데올로기와 관련을 맺고 있다면 이 시 끝 3행은 바뀌어져야 한다.

봉태야
나는 너 하나 살려낼 수 없었다
네 열일곱 살은 내 열일곱 살이었는데
　　　　　　　　　　　　　　　　　　- 〈봉태〉 끝부분

인용된 부분 중 '나는 너 하나 살려낼 수 없었다'를 빼고

봉태야
네 열일곱 살은 내 열일곱 살이었는데

로 마무리하면 너 하나 살려낼 수 없는 '나'보다 이데올로기에 희생된 사랑하는 내 친구 '봉태'가 더 강조되어 보일 것이다. 〈머슴 대길이〉와 〈봉태〉는 시인의 현실 인식이 드러난 작품이긴 하지만 시인이 두 인물을 소유하고 추억 속의 인물로 만듦으로써 시의 의미가 축소된 예이다. 시인이 추억 이상의 인물을 제시하려 한다면 이야기 속의 인물을 더 드러나게 하고 시인은 뒤로 물러나야 한다. 인물이 이야기 속에서 자기 삶을 시작하고 끝낼 때까지 시인은 기다리고 있어야 한다. 독립된 이야기로만 된 시와 이야기에 시인의 정신과 감정이 개입된 시는 그 내용의 성격이 아주 다르다.

① 얼굴에 참깨 들깨 쏟아져
   주근깨 자욱했는데
   그래도 눈썹 좋고 눈동자 좋아
   산들바람 일었는데
   물에 떨어진 그림자 하구선
   천하일색이었는데
   일제 말기 아주까리 열매 따다바치다가
   머리에 히노마루 띠 매고
   정신대 되어 떠났다
   비행기 꼬랑지 만드는 공장에 돈벌러 간다고
   미제 부락 애국 부인단 여편네가 데려갔다
   일장기 날리며 갔다
   만순이네 집에는
   허허 면장이 보낸 청주 한 병과
   쌀 배급표 한 장이 왔다

허허 이 무슨 팔자 고치는 판인가
그러나 해방되어 다 돌아와도
만순이 하나 소식 없다
백도라지꽃 피는데
쓰르라미 우는데

－ 〈만순이〉(방점 필자)

② 6·25때 새파란 인민군 들어와
판섭이 오촌이 마을 인민 위원장으로 추대되었다
일자무식이었는데
보리개떡 같은 덕을 지녔다
그 덕에 위원장동무 되고 말았다
상묵이 아저씨네 매갈잇간에
용둔부락 인민위원회 간판 걸고
찢어진 치마 입은 여맹 처녀도 맞이하고
면 인민위원회 간부도 맞이하고
어릴 때부터 손에 구워진 농사 팽개치고
석달열흘 그 노릇 하더니
9·28 수복으로 도망갔다가
서수면에선가 잡혀와
할미산 굴속으로 끌려가 총맞아 죽었다
꼭 염소 같은 판섭이 오촌
생각컨대 사람의 일생이 아니라
돼지나 개가
사람 가까이 사는 축생의 일생같이 죽어갔다

그 판섭이 오촌 술 취하면 울던 오촌
그 오촌 떠오르면
올 가을 술맛 돋굴 수 없다
석류 빨개졌는데
미운 대추
열두 살 애무당 표독스러운데

                 – 〈판섭이 오촌〉(방점 필자)

  『만인보』의 실명시 대부분이 삶의 조건을 결정짓는 어떤 긴절한 사건을 제시하기보다는 삶을 축약하여 개괄적으로 서술하고 있는데, 앞에 인용된 시들도 "축생의 일생같이 죽어 간" 만순이와 판섭이 오촌의 삶을 요약하여 서술하고 있다. 정신대에 끌려간 만순이와 인민위원장이 된 판섭이 오촌은 삶의 내용이 다를 뿐 시의 구성은 조금도 다르지 않다. 두 편 모두 끝부분에 시인이 감정적으로 개입하여 구체적인 역사적 사실보다는 시인의 감정을 더 드러낸다. 〈만순이〉의 백도라지꽃과 쓰르라미, 〈판섭이 오촌〉의 석류와 대추는 시에 계절 감각을 주는 배경 구실을 하기도 하지만 〈만순이〉의 경우엔 쓰라린 슬픔을 느끼게 하고 〈판섭이 오촌〉의 경우엔 감정적 분노를 일게 한다. 특히 〈만순이〉의 쓰르라미는 정신대의 상징인 백도라지꽃을 애상적으로 보게 하여 시를 감상에 흐르게 한다.

  『만인보』 시편 중 〈이현상〉은 시인 자신보다 시인이 보여 주려고 하는 인물을 최대로 살린 실명시이다. 이 시에는 시인이 인물 속에 생생히 살아 있어 이야기와 시인의 정신을 동시에 보게 한다.

① 남부 빨치산의 영웅
중후했다
과묵했다
지리산다웠다
그를 따르는 처녀 빨치산 하숙희에게도
지리산다웠다
눈보라 날리는 지리산 연봉 바라보던
천왕봉 아래 장터목의 이현상
그는 소련파도
남쪽의 어느 계열도
그의 의지와 이어지지 않는 고독이었다
남과 북 어디서도 버림받은 고독의 혁명이었다

그리하여 1953년
평양에서 동지 이승엽이 처형될 때 남에서 그는 죽어갔다
남과 북 어디서도 버림받았으나
남과 북 어디서나 살아있는 죽음으로
그는 죽어갔다
1988년 8월 일단의 등산꾼들 장터목에서 노래했다
어디엔가 이현상의 귀가 듣고 있었다
어디엔가 이현상의 귀가 듣고 있었다
저 아래 남원에도 구례에도
하동에도
함양 산청에서도 듣고 있었다
　　　　　　　　　　　　　　− 〈이현상〉 끝부분

② 나라가 할 일
　　혼자의 엄두로 해내고
　　혼자의 일생 바쳐
　　사라져 버린 사람
　　최한기의 재변인즉
　　벗 김정호는 약관에서부터
　　지도 만드는 일에 깊은 뜻 두었다
　　세월이 오래 되어
　　그것들을 뽑아 보니
　　법도의 상세함이 있다
　　생사 연월일도 전해지지 않고
　　오직 대동여지도 남아 있다
　　옳거니
　　참다운 사람 이처럼 차취없을 진저
　　참다운 일 이처럼 차취있을 진저
　　　　　　　　　　　－〈김정호〉 끝부분(방점 필자)

　시인은 〈이현상〉과 〈김정호〉를 같은 정신적 차원에서 다루고 있는데, 시의 울림은 다르게 느껴진다. ①은 시인이 개입되어 있지 않지만 '이현상'과 시인의 정신이 함께 느껴지고 ②는 이야기에 시인이 개입하여 '김정호'보다 시인의 정신이 더 부각되고 있다. ②의 방점 부분을 생략한다면 ①과 ②는 삶과 정신이 거의 합치되는 시인데, 시인이 개입하여 ②는 사적인 시가 되고 만다. '노래' 속에 남은 '이현상'과 '대동여지도' 속에 남은 '김정호'는 같은 정신으로 다루어졌으나 시인의 개입 여부에 따라 〈이현상〉은 만인의 인물로, 〈김정호〉는 시인 자신이 흠모하는 인물로 표현되어 시의 울림이 달라진 것이다.

『만인보』중 〈이현상〉과 같은 울림을 주는 시들은 서사적 골격만으로 이루어진 시들이다. 역사적 사실이 골격을 이루지 않더라도 시인이 개입하지 않으면 등장인물의 단편적인 체험까지도 보편성을 띠게 된다.

> ① 인규 형은 뚤가 구멍에 손 넣어
> 게 잘 잡아내지요
> 어느 때는 게에 물린 손 아야 하고 나오지요
> 아파도 아프다는 말 크지 않지요
> 게구멍과 아프다는 말 크지 않지요
> 게구멍과 뱀구멍 잘도 가려내더니
> 한번은 뱀구멍에 잘못 넣어서
> 어쩐지 물이 차더니만 하고
> 뱀 한 마리 꺼내었지요
> 꺼내어 에끼놈 하고 공중에 던져버리니
> 저만치 가서 풀어져 한 일자로 떨어졌지요
> 인규는 막내동이
> 일찌감치 이 눈치 저 눈치
> 속에 영감 들어앉았지요
> 귀신 나와도 놀라지도 않지요
> 저만큼 상철이네 벼밭에
> 허수아비 가까이
> 새들 날아가는데

인규가 말하기를
우리 동네 도둑놈은 저것들밖에 없어

- 〈김인규〉

② 좌익 학생들 외치기를
야 이 반동놈의 새끼야
네 놈은
연애나 걸어라
네 놈의 형놈은
여수 순천 인민이나 쏴 죽이고

- 〈함신호〉 끝부분

인용시 가운데 ①은 시인의 기억 속에 남아 있는 어린 시절의 추억 한 토막을 살려낸 시이다. 시인이 이야기에 개입하지 않아 이 시에 등장하는 인규를 통한 보편적인 우리의 어린 시절이 환기되어 있다. 시골 농촌에서 자란 사람이라면 누구나 체험한 게잡이, 새쫓기 그리고 뱀구멍에 손을 넣어 혼쭐나던, 그러나 언제 어디서나 즐겁던 그 행복한 어린 시절. 하루하루가 다 사건이고 움직임 하나하나가 사건이었던 그 어린 시절에 만일 시인이 등장했다면 시는 보편성을 잃고 시인을 위해서만 존재하는 시로 바뀌었을 것이다. ②는 시의 끝부분이 시인의 정서적 반응이나 의견 대신 이야기에 등장하는 인물의 말로 이루어졌다. 단순히 진술로만 되어 있는 시보다 더 현장감이 생기고 구체적일 뿐만 아니라 극적 긴장이 이루어져 이야기가 이야기로서 독립성을 유지하면서 완결되는 구조를 갖는다.

앞에서 〈머슴 대길이〉의 끝부분 3행을 생략하고 대길이 아저씨의 말로 시의 끝부분을 삼아야 한다고 한 것은 이렇게 이야기시의 구조를 최대로 활용할 수 있기 때문이다. 〈머슴 대길이〉의 경우 시인이 이야기에 개입하는 대신 대길이 아저씨의 말을 통해 자기 정신을 실현한다면 대길이 아저씨의 말에 중의성을 주어 시적 긴장을 갖게 되고 주인공과 시인의 삶의 태도가 일치되므로 그 긴장의 힘이 더욱 확대된다.

우리 시문학사에서 고은처럼 시를 통하여 자기 삶의 변화를 있는 그대로 보여 주는 시인도 드물 것이다. 고은은 창조적인 생활을 해오면서 입산과 환속, 그리고 정치적 사건에 적극적으로 개입하는 등 삶의 양극단에 서왔으며 그 때마다 그 변화를 시로 표현해온 시인이다. 시와 삶이 일치할 때에야 비로소 한 시인이 된다는 예프뜨쎙코의 말을 그대로 적용한다면 고은은 한 시인이 되기에 충분한 힘을 지녔다.

19

황동규

이번에는 달을 내려놓고

첫눈이 내리면 추억 속에서 길을 잃고 시선도 잃고 잠시 침잠해 본다. 어떤 사람은 십대를 마감했던 시기에 어떤 식이든 가슴을 떨게 했던 일로 아직도 뜨거운 눈발을 날릴 것이다. 한동안 영화 '편지'에서 낭송되어 많은 사람들의 관심을 받았던 〈즐거운 편지〉도 황동규 시인이 십대에 쓴 시라고 한다.

1
내 그대를 생각함은 항상 그대가 앉아 있는 배경에서 해가 지고 바람이 부는 일처럼 사소한 일일 것이나 언젠가는 그대가 한없이 괴로움 속을 헤매일 때에 오랫동안 전해 오던 그 사소함으로 그대를 불러 보리라.

2

　진실로 진실로 내가 그대를 사랑하는 까닭은 내 나의 사랑
을 한없이 잇닿은 그 기다림으로 바꾸어 버린 데 있었다. 밤
이 들면서 골짜기엔 눈이 퍼붓기 시작했다. 내 사랑도 어디쯤
에선 반드시 그칠 것을 믿는다. 다만 그 때 내 기다림의 자세
를 생각하는 것뿐이다. 그 동안에 눈이 그치고 꽃이 피어나고
낙엽이 떨어지고 또 눈이 퍼붓고 할 것을 믿는다.

- 〈즐거운 편지〉

　이 시는 시적 화자가 그대를 너무나 사랑해서 그 사랑을 '사소하
다'라는 아이러니(반어)로 표현한 것이라고 얘기한다. 그러나 아이러
니는 A. R. 톰슨에 의하면 정서적이면서도 지적이어야 한다. 그리고
아이러니는 거리감을 두고 냉정해야 한다. 이는 그만큼 그 상황이나
사실을 객관적으로 파악하고 있다는 것을 의미한다. 이 시의 경우 십
대의 순수한 사랑을 드러낸 것이라고 본다면 아이러니조차도 여유 있
는 것처럼 보인다. 언뜻 보면 거리를 갖고 객관적으로 표현한 것 같으
나 십대의 시인은 무척 소박하게 그리고 순수하고 뜨겁게 자신의 사
랑을 고백하고 있다고 할 수 있다.

　1의 "내 그대를 생각함은"은 시적 화자의 입장에서는 절실하고 절
절한데 '그대' 입장에서 보면 "그대가 앉아 있는 배경에서 해가 지고
바람이 부는 일처럼 사소한 일"이다. 시적 화자가 그대를 생각하는 일
이 그대가 느끼기에는 일상의 일처럼 아무렇지 않을 것이라는 것이
다. 왜냐하면 내가 그대를 짝사랑하기 때문이다. 내가 느끼는 감정을
중심으로 표현한다면 '그 생각하는 일'이 얼마나 큰일인가? 그러나 그
대 입장에서 본다면 하루가 왔다가 가는 일처럼 사소한 일일 것이다.

그러나 그대가 언젠가 "한없이 괴로움 속을 헤매일 때 오랫동안 불러오던 그 사소함으로 그대를 불러보리라"라는 것은 나는 언제까지나 그대를 생각할 것이고 그대가 괴롭고 힘들 때에도 그대 옆에 있을 것이라는 고백이다.

2의 "내 나의 사랑을 한없이 잇닿은 그 기다림으로 바꾸어 버린 데 있었다"는 계속적으로 기다리겠다는 고백이다. 그리고 바로 뒤에 "내 사랑도 어디쯤에선 반드시 그칠 것을 믿는다"라고 말하지만 "다만 그 때 내 기다림의 자세를 생각하는 것뿐이다"로 보아 모든 삶이 끝나듯 사랑도 언젠가 끝날 것은 알지만 언제까지 기다리겠다는 것을 보여준다. 왜냐하면 '자세'라는 말은 어디를 향하는지를 보여주는 태도이며 진행형이다. 기다림은 그대가 언젠가는 나의 사랑을 받아줄 것을 믿기 때문에 가능하다. 시적 화자의 기다림이 끝나는 언젠가의 시간은 "그 동안에 눈이 그치고 꽃이 피어나고 낙엽이 떨어지고 또 눈이 퍼붓고 할 것을 믿는다"로 보아 눈이 그치고 봄이 오고 여름이 가고 가을도 가고 다시 겨울이 와서 눈이 퍼붓는 때쯤일 것이나 순환적인 계절의 구조로 보아 기다림의 끝은 알 수 없다. 황동규 시인은 일제강점기, 6·25를 거치면서 십대에도 인생이 복잡하다는 것을 일찌감치 알아차렸는지 "영원히 사랑하겠다"는 말은 하지 않는다.

전통적으로 사랑고백시가 시적 화자 중심으로 쓰였다면 이 시는 사랑을 받는 대상 중심으로 쓰였다. 사랑이라는 아름다운 감정도 내 감정 중심으로 고백한다면 사랑받는 입장에서는 아름답지 않고 일방적일 것이다. 특히 짝사랑일 경우는 더욱 그 아름다운 감정이 강요되거나 왜곡될 수 있으므로 십대라는 나이에 순수한 시인의 사랑의 자세를 생각해볼 일이다. 〈서경별곡〉이나 〈가시리〉 등의 고려가요나 황진이나 매창의 시조에서 또 김소월이나 한용운의 시에서 시적 화자

중심의 사랑의 감정을 읽었다면 황동규의 〈즐거운 편지〉는 시적 화자의 입장이 아니라 사랑의 대상의 입장에서 읽을 수 있다. 시적 화자의 입장에서는 열렬한 감정일지라도 그 대상의 입장에서는 사소할 것이라는 표현은 황동규 이전의 시에서는 볼 수 없었던 표현이다. 이렇듯 황동규의 시는 정서적이면서 상상력으로 빚어진 생각을 통해 지적으로 표현되어 있다.

이것은 당신의 머립니까
돌려드릴까요
당신의 목에.

이것은 당신의 한짝 손
돌려드리지요
당신의 떨리는 다른 손에.

이것은 당신의 귀군요
다른 귀는,
들립니까 들립니까.

잘 안 보이는 이것은,
당신 게 아니라고요
가만 있자 가만, 그렇지
이건 제 입술이군요.
　– 〈돌을 주제로 한 다섯 번의 흔들림〉 중의 '이것은 당신의'

1974년에 시인은 아무 말도 할 수 없는 상황을 이렇게 표현했다. 1972년 10월 비상계엄령이 내리고 유신헌법이 공표되어 박정희의 독재 장기집권이 진행되자 유신을 반대하고 자유를 위해 시국선언을 한 다양한 계층의 사람들이 투옥되어 극심한 고초를 겪었다. 시가 쓰인 1974년 하반기에는 특히 국내외에서 인권 탄압 문제로 압력이 가해진 시기였다. 〈돌을 주제로 한 다섯 번의 흔들림〉 중에 세 번째 시 '이것은 당신의'의 1연이나 2연은 3연을 위해 구조적으로 준비한다. 머리를 잃은 사람에게는 머리를 돌려주고, 한쪽 손을 잃은 사람에게는 손을 돌려준다고 하나, 귀를 잃은 '당신'에게는 귀를 돌려준다고 하지 않고 다른 귀로 무엇인가를 듣고 있으면서도 안 들리는 사람처럼 소리에 반응을 보이지 않는 당신을 드러낸다. 나아가 4연에서 "잘 안 보이는 이것은/ 당신 것이 아니라" 자신의 것이라고 하는데 그것은 입술이다. 시적 화자는 입술을 잃어버린 사람처럼 아무 말도 못하고 있음을 보여줌으로 3연의 못 듣는 척하는 '당신'보다 아무 말도 못하는 자신을 비꼬고 있다. 황동규는 감정적으로 드러내거나 독자에게 설명하지 않는다. 아주 냉정하게 객관적으로 자신의 심정을 지적으로 형상화하고 있다. 그가 슬픔을 표현하는 방식을 보자.

그대 세상 뜨고
길음성당 안팎의 늦추위
점박이 눈이 내리고

길음시장의 생선가게들을 지나
목판 위에서 눈 껌벅이는
(자세히 보면 껌벅이지 않는)

모두 입벌린
(한꺼번에 숨막혀 죽은)
생선들을 지나
얼어 있는 언덕을 올랐다.

점박이 눈이 내렸다.
가늘게 검정테 두르고
가운데 흰 점 박힌 눈송이들

…(중략)…

내 장례식에 혹시
이런 허황되고 멋진 청년이 올까?
(온다면 깊이 잠들기 힘들리.)
기억하는가, 김종삼,
그대 홀로 헤매고 다닌 인수봉 골짜기
비 갓 갠 검은 냇물 위에
환히 맴돌던 낙엽 한 장을?
그 몇 바퀴의 삶을?

그대 장례식의 이 어두운 골짜기 같은
이 황당함, 이 납납함.

영결 미사가 시작되고
합창이 막을 열었다.

복사가 종을 흔들자

그대는 하느님의 이상한 아들이 되어 신발 한 짝 끌고
성가(聖歌) 속에 잠시잠시
숨었다 나타났다 했다.
몰래 따라 들어가보면
그대는 막 출발하는 버스에 매달렸다
신문지 말아 감춘 진로병을 가슴에 안고.

눈이 껌벅여지지 않았다.
추위 때문인가
입을 벌려도 숨이 답답했다.
(마음이 얼얼하면
몸 속이 환해지리.)
그대 탄 버스 앞길에 자욱이 내리는 눈
점박이 눈이었다.

– 〈점박이 눈〉 부분

위 시는 김종삼의 장례식에 갔다 와서 쓴 시이다. 언덕 위에 있는
길음성당에서 집전되는 장례미사에 참석하기 위해 시인은 눈 내리는
길음시장을 지나갔다. 점박이 눈이라는 표현에서부터 이 시는 갈등으
로 이루어졌음을 알 수 있다. 하얀 눈은 검은 테 두른 점박이 눈이고,
숨이 막혀 죽은 생선은 자세히 보면 모두 입이 벌려 있다. 황동규는
김종삼의 삶을 "그대 홀로 헤매고 다닌 인수봉 골짜기/ 비 갓 갠 검은
냇물 위에/ 환히 맴돌던 낙엽 한 장을?"로 표현하고 있다. 검은 냇물

위에 환히 도는 낙엽. 그래서 시인은 1연의 좌판 위 생선처럼 눈도 껌벅여지지 않고 입을 벌려도 숨을 쉴 수 없는 상태에서 마음이 얼얼하면 몸이 환해질 것이라고 믿으며 시를 끝맺고 있다. 김종삼의 죽음을 받아들여야 하는 현실과 그러고 싶지 않은 마음의 갈등이 언어적 아이러니로 표현되었다고 볼 수 있다. 그래서인지 죽은 김종삼이 숨었다 나타났다 하는 등 초현실주의적으로 묘사되어 있다. 이러한 시인의 시선은 〈악어를 조심하라고?〉에도 연결되어 갈등하는 시적 화자와 이 세상에 없는 김수영을 만나게 하여 시 전편의 갈등을 정리하는 방법으로 사용된다.

> 귀 익은 목소리에 얼핏 뒤돌아보니
> 민음사판(民音社板) 전집(全集) 사진 속에서처럼
> 티셔츠에 앙상한 몰골로
> 김수영(金洙暎)이 앉아 있다
> 양복 웃도리를 술상에 걸쳐놓고
> 3센티쯤 자란 머리카락에
> 입웃음 웃으며
>
> …(중략)…
>
> (아부! 그 상처!
> 생(生)배와 아스팔트가 맞닿는 그 감촉)
> 독설 여전하시군요
> 그런데 오랜 만에 서울 들르신 느낌 어떻습니까?
> "상처받은 자들이 많더군요

술집에서 속 털어놓고 한 말과

반대되는 이야기를 글로 쓰는 자들의 마음속에

혹처럼 자라는 상처"

없앨 방법은?

(전정(剪定)가위론 안되겠지)

"없애긴 왜 없애요?"

– 〈악어를 조심하라고?〉 중의 '3. 종묘 앞 싸락눈' 부분

　싸락눈 오는 날 시인이 김수영을 불러낼 수밖에 없었던 이유는 무엇인가? 그는 자신을 드러낼 수 있는 객관적 상관물을 '악어'로 설정하고 이를 통해 그가 느끼는 혼란의 이유와 정도를 드러낸다. 삼청동 어디쯤 살았던 악어가 청계천으로 탈출하면서 간혹 한강에서 무자맥질도 하는 자유로운 존재가 됐지만 이 악어는 도시에서 '생(生)배와 아스팔트가 만나는' 상처를 스스로 만들면서 지낼 수밖에 없다.

겨울에도 춥지 않고 먹을 것만 있다면

행복하지 말란 법은 없지

허나 때로 밖에 나오고 싶지는 않을까?

어느 여름밤 비 추적추적 뿌릴 때

청계천을 빠져나와

한강에서 무자맥질 몇 번 하고

반포쯤에 상륙하지나 않을까

아파트 사람이 「사랑과 진실」에 빠져 있을 때

계단을 기어 올라가 옥상 난간에 뜨거운 배를 대고

비를 맞으며

서울의 불빛을 내려다보고 있지는 않을까?

– 〈악어를 조심하라고?〉 중의
'2. 뜨거운 배를 난간에 대고' 부분

    시인은 길들여지지 않는 자신만의 본성으로 살고 싶은 '악어'이다. 악어는 겨울에도 춥지 않고 먹을 것만 있다면 행복하다. 그러나 사람들이 TV의 드라마를 볼 때 옥상 난간에 뜨거운 배를 대고 비를 맞으며 서울의 불빛을 보는 외로운 존재이다. 생배를 아스팔트와 시멘트에 끌면서 옥상으로 올라가니 그 배의 상처로 얼마나 화끈거리겠는가? 무엇이 시인을 사람들과 구별하게 하는 걸까?

    친구 동생의 사무실
    "도와드리고 싶지만……"
    창 밖의 눈발은 어두워지고
    탁자 위엔 식는 커피

    그가 잠깐 자리 비운 사이
    낯익은 사무용 콤퓨터를 확인하다가
    슬쩍 "soul[혼(魂)]"을 찍었다
    작동 키를 누르자 모니터에
    "Crazy[미쳤어]?"

    누가 장난쳤군
    창 밖에선 다시 환해지는 눈발
    아직 그가 오는 기척 없이

슬쩍 "craze[광기(狂氣)]"를 찍었다

작동 키를 누르자 모니터에 글자가 나타났다

"Know thyself[네 몰골 좀 봐라]!"

─ 〈악어를 조심하라고?〉 중의 '1. 나는 뭐지'

시인은 컴퓨터에 영혼을 치자, 미쳤냐(craze)라는 반응을 통해 이제 더 이상 영혼을 이야기하는 시대는 아닌 것을 보여준다. 다시 'craze'를 치니 "네 몰골을 좀 봐라"라는 반응을 통해 영혼을 얘기하는 시인이 정상적으로 인식되지 않음을 드러낸다. 문명과 세속적 삶에 길들여지지 않는 '악어'는 시인의 면모이다. 그러나 '종묘 앞 싸락눈'에서 김수영이 등장하여 "상처받은 자들이 많더군요/ 술집에서 속 털어놓고 한 말과/ 반대되는 이야기를 글로 쓰는 자들의 마음속에/ 혹처럼 자라는 상처"라고 말한 것처럼 말과 글을 다르게 써서 스스로 낸 상처를 더 힘들어하고 있다. 이것은 야성과 도시적인 이중적인 삶을 사는 악어가 지닐 수밖에 없는 상처이다. 〈악어를 조심하라고?〉는 갈등 속의 외로운 황동규 시인이 한 시인으로 솔직하려고 애를 썼고 정신을 뜨겁게 글로 쓴 김수영을 통해 자신을 정리하고자 했다.

서정시의 주제가 그렇듯 황동규의 시도 시인의 정신과 정서의 갈등을 정리하는 과정이다. 이 과정에서 모든 사람이 가장 궁극적으로 하는 질문과 갈등은 죽음일 것이다. 황동규 시인의 죽음을 소재로 한 연작시 〈풍장〉은 어찌 보면 죽음으로 향하는 그의 삶의 자세이기도 하다. 주검을 처리하는 방식은 매장, 화장, 수목장, 조장, 풍장 등 다양하다. 그는 '풍장'을 통해 바람을 이불처럼 여미고 바람과 놀다 바람과 같이 사라질 것을 바라고 있다.

바람을 이불처럼 덮고

화장(化粧)도 해탈(解脫)도 없이

이불 여미듯 바람을 여미고

마지막으로 몸의 피가 다 마를 때까지

바람과 놀게 해다오.

- 〈풍장 1〉 마지막 연

어떻게 죽을 것인가를 생각한다는 것은 어떻게 살 것인가를 말하는 것이리라. 황동규 시인은 바람처럼 가볍게 살다가 바람처럼 자유롭게 몸을 벗어버리겠다는 의지를 드러냄으로써 구도자는 아니지만 성숙한 정신을 지향하고 있다. 황동규 시인은 임제선사의 말처럼 삶과 죽음을 입었던 옷을 벗는 일로 본 것이다. 또한 이분법적 구분으로는 궁극적인 깨달음을 얻을 수 없다는 것을 알기에 황동규 시인은 '풍장'을 통해 삶과 죽음을 나누지 않고 평온의 경지에 이르고자 한다. 이는 깨달음보다는 정신적 자유에 도달하기 위한 것이라 할 수 있다.

쓸쓸한 길 화령길

어려운 길 석천(石川)길

반야사는 초행길

황간 지나 막눈길

돌다리 위에 뜬 말없는 달

(그 달?)

등지고

난간 위에 눈을 조금 쓸고

목숨 내려놓고.
부처를 만나면 부처를 죽이고
루카치 만나면 루카칠
바슐라르 만나면 바슈라르를
놀부 만나면 흥부를······

이번엔 달을 내려놓고.

- 〈풍장 4〉

　여행을 많이 다니는 황동규 시인은 긴 여정을 "쓸쓸한 길 화령길/ 어려운 길 석천(石川)길/ 반야사는 초행길/ 황간 지나 막눈길"로 리듬을 실어 압축했다. 눈이 많이 내리는 겨울날의 초행길을 어렵고 힘들게 지났다. 2연에서 긴장을 풀고 잠시 달을 본다. 3연의 내용은 의미심장하다. '부처를 만나면 부처를 죽여라'라는 임재어록의 말이다. 여기서 죽인다는 것은 뛰어넘는다는 것을 의미한다. 진정한 자유를 이루기 위해서는 그 틀을 벗어나는 것뿐만 아니라 그 이상에 도달해야 한다. "루카치 만나면 루카칠"이라는 말은 루카치를 만나면 루카치를 죽이고, "바슐라르 만나면 바슐라를"도 바슐라를 죽인다는 것을 의미하는데, 이는 1990년대까지 사회주의 문학에 큰 영향을 미쳤던 루카치를 뛰어넘고 상상력으로 문학을 이끌었던 바슐라르를 뛰어넘겠다는 것이다. 그런데 '놀부를 만나면 놀부를'이라고 하지 않고 '흥부를'이라고 했을까? 시인은 왜 놀부를 만나면 흥부를 죽이겠다고 했을까? 악한 놀부는 미덕이 없으므로 뛰어넘을 필요가 없어서 착한 흥부를 뛰어넘겠다는 것인가? 시인은 악이나 선을 나누지 않고 한 덩어리로 보았기 때문에 둘을 하나로 보았다고 할 수 있다. 이는 '악이냐 선이냐

하는 개념도 뛰어넘겠다는 것을 의미한다. 진정한 자유는 선악이라는 이분법적인 개념도 벗어날 때 가능한 것이리라. 그러고나서 2연의 목숨을 내려놓았던 시적 화자는 비로소 떠 있는 달도 내려놓을 수 있게 되었다. 달의 위치는 시선에 따라 다를 뿐 떠 있는지 내려 있는지 알 수 없는 것이다. 〈풍장 4〉에서 지향하는 평온의 세계는 성숙한 정신을 기다리는 시인의 자세를 보여준다. 나아가 〈풍장〉 연작시는 자유로움을 추구하는 시인을 드러낸다고 볼 수 있다.

겨울눈이 내리는 동안 황동규 시편의 퍼붓는 눈, 점박이 눈, 막눈, 싸락눈도 같이 내릴 것을 기대한다.

20

신대철

'우리들의 땅'과 시인의 증언

신대철 시인은 한 시대에 대한 물음이나 그 물음을 가능하게 하는 현장에서 시를 출발한다. 첫 시집에 실린 대표작 〈우리들의 땅〉은 그 현장 상황을 구체적으로 보여준다. 시인은 비무장지대 체험을 통해 민족을 적으로 몰아 살인을 강요하는 혼란스러운 현실에 대해 물음을 던지는데, 이는 어린 시절 동족상잔의 고통에 시달린 시인의 무의식에서부터 연유한 뿌리 깊은 것이기도 하다. 해방둥이로 태어난 시인의 무의식 속에 감춰진 인생의 첫 기억을 더듬으면 숨은 사람들의 소재를 알아내려고 머리 깎아주던 인민군 병사, 앞서가다 폭격당해 죽은 친구, 줄줄이 포승줄에 묶여가 처형되는 사람들, 그리고 군대에 갔다 반벙어리로 돌아온 친구에 대한 연민이 아프게 떠오른다(〈첫기억 1〉 참고). 이러한 고통이 정서화되어 표출되는 과정에서 정치적 억압이 극심했던 유신과 군사독재를 거치는 동안 랑시에르의 말대로 제작 방식(포이에시스 poiesis)과 그것에 의해 영향받는 존재 방식(아이스테

시스aisthesis)사이의 조절된 관계가 미메시스라면 신대철 시인은 또다른 갈등을 겪지 않을 수 없었을 것이다. 23년간 시를 발표하지 않고 시인이 감내한 순수한 고통을 누가 알 수 있을 것인가. 신대철 시인은 오로지 자신의 세계를 시로써만 표현하기에 작품을 통하지 않고서는 누구도 그를 이해할 수가 없을 것이다. 최근 세계평화와 소통이 큰 이슈가 되면서 민족 공동체의 문제는 무슨 고대 유물처럼 다뤄지고 있지만 진정한 세계평화와 소통을 위해서라도 아직 해결되지 않은 민족 공동체의 문제는 지속적으로 관심을 가져야 할 것이다.

"x제국주의자들을 물러가게 하라! x제국주의자들의 앞잡이인 x도당들의 독재를 때려 부수어라!"
"자유없이는 행복도 없습니다. 자유는 제2의 생명입니다. 주저하지 말고 야음을 통해 비무장 지대로 몸을 숨겼다가 날이 아주 밝아졌을 때 국군 초소로 오십시오. 총구를 땅에 향하고 흰 헝겊이 있으면 흔드십시오."

풀어진 몸, 김이 모락모락 난다,
낡은 지뢰탐지기를 선두로
도로정찰조가 돌아온다.
조금 비 개인 날,
모래들은 산 밑에 하얗게 씻겨 있다. 강물굽이를 돌아나온
놀란 물새떼, 안개를 강가로 몰며 하나씩 안개 속으로 사라진다.

그날밤 늦게 남방한계선 철책문을 열고 들어섰을 땐 뻑뻑하여 말 안 듣던 팔 다리, 열쇠 채우는 소리 땜에 앞으로 앞

으로만 내디뎌야 했다. 총부리를 정신없이 돌리다 보면 바람 소리, 작은 밤짐승, 안개 자욱히 밀리는 소리, 별똥이 시끄럽게 떨어지고 있었다. 지뢰표지판이 길을 안내하며 좁혀 들고 있었다. 결승전 스포츠중계같이 열띤 어조로 밤새 방카와 골 속까지 뒤흔들던 대남방송 스피커 소리, 되풀이, 막 펼쳐진 아침밥 짓는 연기에 젖어도 부드럽게 들리지 않던 그 억양.

  또 무지개가 뜬다, 둥그런 무지개
  저 둘레 속으로 뛰어들고 싶구나.
  강기슭에서 은은히 피어 올라
  군사분계선을 덮고
  산과 산 사이를 까마득히 잠겨 놓은 안개가
  제 몸을 비틀어 짜내 띄워 놓은 무지개
  유난히 빨강 파랑이 두드러진 저 무지개 속엔
  어른어른 그림자가 비친다.

  무지개는 누구의 혼인가? 저 자리서 죽은 자와 죽은 자를 기다린 자가 이제 만나 손 잡고 윤무를 즐기는가? 왜 저 자리 서만 떠야 하는가? 자세히 보면 볼수록 내가 볼 땐 내 그림자 만 네가 볼 땐 네 그림자만, 이상하다, 우리들이 한데 어울려 박자를 맞추려 하는 동안 갑자기 춤은 멎고 다시 한 겹 벗겨 지는 안개, ………… 강물은 푸르다. 저 푸름이 온 산에 가득 안개를 씌우는 걸까? 강물은 우리들의 군화를 적시며 흐르기 만 했다, 끊임없이. 바람이 잔물결을 이리저리 몰고 다니며 쓸어 낼수록 더욱 푸른 물가엔 조용히 물고기떼들이 나와 놀고 있었다. 마주, 중태기, 꽃붕어, 징거미, 아 산고기. 불길하다. 잡으면 꼭 놓아줘야 하는 산고기, 산 그늘진 데를 닮은 물 속에 놓아줘야 하는 산고기, 불길하다. 하필 이 강에 산고기가 그리 많을까? 좀 깊은 물 속에선 무릎이 떨어지고 가랑이가 찢어진 군복하의들이 물이끼에 감춰져 있고 쭈그러진 수통, 뼈들. 녹슨 쇠붙이며 탄피, 종이돈, 각종 불발탄들. 화약낸지 풀낸지 가려내기 어려운 고리타분한 냄새들이 발길에 채어 흩어지곤 했다. 불내, 어디선가 불내가 난다. 후욱 끼쳐 오는 불내, 불똥이 튀기고 토끼 노루똥이 젖은 채 타는 냄새. 탁 타닥 나무껍질 타는 소리, 실탄 터지는 소리, 거무튀튀했다. 연기 속에 날름날름거리던 불길, 순식간에 산 하나를 잡아 먹고 꿈틀거리며 북방한계선 목책 있는 데로 불쑥 방향을 틀던 불길. 시뻘겋게 솟구쳐 오른 불꽃. 하나 둘 셋 넷 불꽃에 흠뻑 취해 있을 때 쾅쾅, 쾅쾅, 산산조각 나던 우리들.

멀리서 들리는 다이나마이트 터지는 소리
산, 산, 산, 군대
몇 조각 구름들이 뭉쳐서 산 밖으로 몰린다.
능선들은 시퍼렇게 위장되어 까져 있고
토굴 속에 들어가선 나오질 않는 군용차들,
모래 운반차? 군용차? 그리고 무슨 차들일까?
아침엔 구보병력이 보이고 연달은 기합, 조포훈련, 소리 치면 한 번 이상 응답하지 않는 사람들.

바람이 분다. 바람이 분다

우리들 옆 GP엔 나지막한 산들

싱싱하게 깃발이 펄럭거린다.

깃발이 살아 있었구나, 우리들 말고 깃발도 살아 있었어…… 친구여, 보고 싶다. 2km 내의 너를 만나는 데 6개월론 모자르구나. 네 앞산 우물길에 사람이 나타나 있다. 우중충하다. 사람, 무장된 사람. 간밤 총소리는 오발이라구? 자발적이었다구? 늘 들어도 네 목소리가 그립구나. 산도 배경으로 만들고 싶다. 고집도 가려진 네 얼굴. 코마저 작게 보인다. 포대경에 잡히는 허탈하고 어색하게 웃는 네 얼굴. 나무들이 점차 가을로 돌아서는 것도 잊고 딸딸이를 들고 포대경을 들고 마주보며 바보같이 웃는 우리들. 생이란 무엇일까? 적? 죽음이란? 적? 땅이란? 이념이란?

잠을 좀 자야한다.

총을 휴대한 사람들에겐 꿈이 차례가 오지 않는 잠,

며칠째 개꿈도 들지 않는다. 신경만 뿌릴 잡는다. 물차는 아직 오지 않고 있다. 담배 한 대, 자기 매질, 무조건 용서, 무조건 체념, 꿈이 갖고 싶다.

초가집이 두어 채 양지 쪽에 쓰러져 있다.

그 옆에 황색 팻말이 주위를 황색으로 물들인다.

팻말이 군사분계선을 말해 주고 있을 뿐,

낯익은 풀꽃들이 팻말에 기대에 피어 있었다. 산길은 강 가까이 이를수록 희미했다. 마을 골목터엔 박쥐가 날고 웬일로 울지 않던 매미, 매미는 사람 있는 마을에서 사람을 보며 우

는가? 이 마을 사람들은 신발과 밭을 버려 두고 나룻배를 부
숴 놓고 지금 어디서 무얼하는가? 갈대밭이 된 과수원, 봄이
면 갈대밭에 흐드러지게 피는 복사꽃, 아아, 우리들과 여기서
임시 헤어진 자여, 내내 무사하라.

    무사하라, 발목이 떨어져 지뢰밭에 뒹굴던 얼굴들
    몇 푼의 휴가비를 만지작거리며 혹은 흔들던 웃음들
    맞출 수 없이 흩어진 사진 조각들, 편지 글귀들
    죽어서 지뢰표지판 하날 남긴 사람들
    죽어서 오래오래 잠 들 수 있고 오래오래 무사한 사람들

    제대 특명을 기다리며 군대 때가 묻은 생각들을 산병호에
강 쪽에 내버리며 햇빛 쬐던 고참병들도 보급차 편에 사라진다.
    산병호에 어둠이 스며든다.
    깊은 한밤에만 사람이 다니는 길,
    산길 도처에 조명지뢰를 설치하며 클레이모어 위치를 확인
하는 사이 우리들은 어느새 군인이 되어 있다, 완전한
    하루가 가고
    갈라진 땅에서 또 하루
    스스로 갈라진 군대로 만나는 우리들, 한국인들.
                                    – 〈우리들의 땅〉

    그농안 많은 시인들이 휴전선과 비무장지대를 시화했지만 지역적
특성을 살려 체험적으로 노래한 시인들은 없었다. 〈우리들의 땅〉은
시인의 GP 체험이 생생히 기록된 시인데 비무장지대 상황이 상당 부
분 사실적으로 드러나 있다. 첫 구절부터 등장하는 대남 방송이 '결승

전 스포츠중계같이 열띤 어조’로 하루 종일 되풀이되고 이에 응전하는 대북 방송이 골골을 가득 채우는 상황에서 둥그런 무지개가 뜨고 강기슭에선 안개까지 피어오른다. 자연이 주는 평화로움에도 불안이 감도는 비무장지대, 그 긴장 속에서 다이너마이트가 터지고 계속되는 기합과 훈련은 꿈 없는 잠만 잠시 허용할 뿐이다. 이 시의 포인트는 끊임없는 질문이다. “생(生)이란 무엇일까? 적? 죽음이란? 적? 땅이란? 이념이란?” 이 질문을 통해 시인은 빛과 어둠 사이를, 삶과 죽음 사이를, 인간과 군인 사이를 드나든다. 한 인간이면서 군인인 시인은 누군가를 죽이기 위해 지뢰를 매설하고 임무를 수행하기 위해, 살기 위해 정찰을 돌고 공작원을 안내해야 하는 분단의 상황에 갈등할 수밖에 없었을 것이다.

이런 상황 속에서 시인은 하루하루를 살아내기가 지옥 같았을 것이다. 그래서 시인은 불안과 공포 속에서, 그리고 고통 속에서 죽어간 사람들을 “죽어서 오래오래 무사한 사람들”이라고 했을까? 분단과 정치적 억압 속에서 시인이 할 수 있는 것은 무엇일까? 작품의 정치적 잠재력은 미화된 작품으로나 관리된 세계로부터 전면적으로 분리되어 있다. 이 잠재력은 작품의 단순한 고독 안에도 자기 환언의 급진성 안에도 있지 않다. 이 고독이 허용하는 순수함은 내적 모순과 부조화의 순수함이다. 그 모순을 통해 작품은 화해하지 않은 세계에 대해 증언한다.

앞선 시기에 시인은 암울한 역사적 현실을 반영하는 시 〈X〉를 발표했다. 이 시는 비무장지대 상황 속에서 극도의 불안이 초현실적으로 상징적으로 그려져 있다. “빨간 옷을 입은 아낙네들이 북한강과 합류하는 실계천에 몰려나와 빨간 옷가지를 빱니다. 물빛과 물속의 구름, 그리고 방망이질하는 손, 한 동작 한 동작의 그림자들이 빨갛게 물들면 물든 그림자부터 건져 내어 빨래터에 세워두고 死角地帶로 사라집니다. 四角地帶에 X를 쳐요. 여자가 보여요. 몇 달째 잊어버린 여자예요. 피를 빼앗겨요. X를 쳐요. X 위에 X를 쳐요" 부정을 의미하는 X, 제대를 기다리며 달력에 긋는 X, 접근금지의 X, 미지수 X, 거절의 X 등 'X'는 피와 사각지대 위에 하나로 규정할 수 없는 불안을 그리고 있다. 당시 우리들의 땅이 얼마나 불안하고 고통스러웠는지. 온통 'X'로 규정지을 수밖에 없는 '우리들의 땅'. 이러한 시들이 1970년대 시임에도 불구하고 여전히 신선한 느낌이 드는 것은 분단이라는 해결되지 않은 역사적 상황에도 기인하지만 신대철 시인만의 독특한 창조적 표현 때문이다. 신대철 시인은 어린 시절의 상황과 현재 상황을, 현실과 초현실을 중첩시켜 표현한다. 시인은 절규로 이어지는 고통과 혼란을 역동적 상상력을 동반한 구체적 이미지로 그려내고 의미화하여 증언한다. 또한 필요에 따라선 무의식을 불러와 의식 위에 덧대어 초현실적으로 처리한다.

탁 트인 연병장 터에서
산길은 끝나고 먼 바다에서
불쑥 얼굴 없는 얼굴들이 올라온다,
붉은 딱지 붙어 진학 포기하고
중국집 뽀이가 된 박아무개.
싸리나무 찾아 양봉에 쫓기던 토종벌 몰고
벌동 옮겨가나 엉엉 사취 감순 박아무개 가속,

그 사이사이 문신만 남은 그대들은 누구인가
아무 연고자 없이 전과자로

뒷골목으로 감옥으로 전전하다가
실미도로 끌려온 그대들은?
단두대 같은 수평선에 목을 걸고
무엇으로 하루살이 악몽을 넘기고 싶었는가
누구의 조국, 누구의 통일을 위해

- 〈실미도〉 부분

분단의 현실은 그 대가를 지불하기 위해 가난하고 소외당한 사람들을 처형한다. 국제정세가 바뀌면서 쓸모없어지자 국가에서 희생시킨 '실미도'의 주인공들은 대부분 평범한 사람들이었고 전과자일지라도 시인의 시에 드러난 고향의 박아무개처럼 붉은 딱지가 붙어 연고자 없는 생활을 해온 사람들이다. 그들의 꿈은 다른 사람들처럼 평범하게 사는 것일 것이다. 역사에 의해 희생당한 소외되고 가난한 사람들에 대한 연민과 애정이 신대철 시인의 시를 빚는 동력일 것이다.

북파 공작원을 소재로 한 〈그대가 누구인지 몰라도 그대를 사랑한다〉는 세 번째 시집의 표제시이기도 하다. 작전을 포기하고 돌아온 '누구인지도 모르는 그대'에 대한 안타까움은 "그러나 살아서는 돌아갈 데가 없는가/ 살아서는 혼도 지닐 수 없는가"로 표현될 정도로 절절하다. 급기야 시인은 "그대가 남긴 담배꽁초와 초조한 눈빛과 어두운 몸짓과 암호 속에 떨려오던 그대 목소릴 깊이 간직하리, 살아있는 동안 떨리는 목소리 울려오는 곳에서 떨면서 보고 듣고 느끼고 꿈꾸고 피 흐르는 대로 시를 쓰리. 나를 넘어 그대를 넘어 이념을 위하여 이념을 버리고 민족을 위하여 민족을 버리고" 시를 쓸 것을 선언한다. 그런데 여기서 나와 이념과 핏줄을 버린다는 말은 무엇을 의미하는 것일까? 시인은 인간적인 것 이상의 어떤 신성한 존재를 통한 사랑의 힘을 꿈꿔본 것일까? 여하튼 시인은 국가가 이름과 삶을 동시에 박탈한 '그대'에게 단지 이름을 돌려주는 것보다 우리와 같이 존재하는 '그대'로 돌리고 우리 안에서 계속해서 살아 있게 하고자 한다.

　신대철 시인은 〈우리들의 땅〉에서 국가가 살인 행위를 강요하는 분단 현실의 최북단 현장에 있던 군인으로서 적군에게 적개심을 갖지 않으려고 인간으로 끌어안으려고 갈등했고 그 체험을 시로 썼다. 신대철 시인은 이러한 입장에서 지금까지 체험적 진실을 바탕으로 하여 시를 써왔고 이러한 입장으로 통일이 될 때까지 시를 쓸 것이다. 윌프레드 오웬의 말대로 적군을 적군으로 보지 않고 적군을 친구로 볼 때 '반전시'가 가능하다면 신대철 시인은 조국이 강요한 적군을 친구로 보는, 민족으로 보는 진정한 반전 시인일 것이다.

　나아가 시와 정치를 논하면서 C. M. 바우라가 내린 결론은 신대철 시인에 대한 진정한 의미를 규정할 수 있게 하며 이 땅에 시인으로 사는 것에 대한 의미를 부여한다

　"우리들의 주위에서 일어나고 언젠가는 중대하게 우리들에게 영향을 미칠지 모를 일들에 대해 만약 무관심하다면 우리들은 인간 이하의 존재이거나 인간을 넘어선 존재이어야 할 것이다. 중요한 것은 시가 스스로의 책무를 다하고 그 이외의, 그 이하의 수단에 기대지 않는다는 것이다."

21

신대철

입체시: 수각화, 굴절의 시학

　신대철 시인은 체험 시인이다. 첫 시집 『무인도를 위하여』 이후 23년 만에 펴낸 『개마고원에서 온 친구에게』(이하 『개마고원』으로 줄임)에서는 그 체험 내용이 더욱 농축되어 있고 심화되어 있다. 어느 시편이든 구체적으로 생활하는 인간이 시의 중심에 자리 잡고 있다. 칠갑산에 등장하던 산사람은 화전민으로 바뀌었고 비무장지대에서 포대경에 잡히던 군인은 개마고원에서 온 친구가 되었다. 사물의 구조도 폭넓게 사용되어 언어들이 생기를 띠고 있는 점도 주목할 만하다. 그러나 『개마고원』에서 외형적으로 가장 먼저 눈에 띄는 것은 실험적인 시 형태이다. 〈수각화(水刻畵)〉의 경우, 연작시들이 각각의 시편마다 몇 개의 번호를 달고 있을 뿐만 아니라 그 시편들이 서로 대립하면서 입체적인 면을 보여준다. 한 제목에 하나의 포인트를 지닌 일반적인 표제시와는 달리 한 제목에 다양한 포인트를 지닌 입체적인 시를 필자는 편의상 '굴절시'라 부르겠다.

표제시는 한 작품에 한 목소리만 강조되는 시이다. 표제시는 대부분 주제가 한번 정해지면 그 주제의 힘에 의해 시가 완성된다. 굴절시는 시인의 다양한 목소리가 동시에 울리는 시이다. 그러나 굴절시는 아무 때나 이루어지지 않고 삶의 조건이 극단적으로 변화될 때 갈등 속에서 이루어진다. 시인의 삶의 기복이 심하면 심할수록 시도 다양한 면을 갖는다.

『개마고원』 중 삶의 기복이 구체적으로 드러난 시편은 칠갑산 생활 시편 〈수각화〉이다. '수각화(水刻畵)'라는 말은 생소하지만 '암각화(岩刻畵)'를 연상하면 뜻이 선명해진다. 암각화가 바위에 남긴 선사시대의 삶의 기록이라면 수각화는 물(시간)에 새긴 시인의 삶의 기록이다. 〈수각화 1〉은 다섯 개의 면을 지닌 굴절시라 할 수 있는데, 〈수각화 1〉이라는 본 시 안에 '수각화 1-1', '수각화 1-2', '수각화 1-3', '수각화 1-4'라는 네 편의 시들이 담겨 있다. 그 각각의 면은 마치 주사위처럼 어떤 면이 윗면이 되어도 내용상의 변화가 생기지 않는다. 일반적인 표제시는 시인에게 다가오는 강한 정서가 주조를 이루지만, 이 시에서는 정신의 변화 혹은 생활의 기복이 주조를 이룬다.

사이사이 얼비치는 빛살 놓치지 않고
살아야지, 갈대밭에 논 다랑이 치고 물대고
살아야지, 바람 드는 길목에 밭 한 뙈기라도 둬야지

사람이 그리운 골짜기에 불지르고
서해안으로 치솟는 불길 휘어
사방에 불씨 남기는 맞불 놓고
온몸으로 안아
얼어터진 물웅덩이로 몰아가야지,

물소리는 물로 바람소리는 바람으로 쓸어내고

- 〈수각화 1〉 부분

이 시는 시적 화자가 살기 위해 그늘진 비탈을 뒤틀어 오르는 참나
무처럼, 화전이라도 일구며 살아야겠다는 의지를 드러낸다. 사람이 그
리운 골짜기를 삶의 터전으로 바꾸기 위해 불 지르고 그 불길이 그리움
의 불길로 바뀔까봐 맞불까지 놓고 그것도 모자라 온몸으로 안아 물웅
덩이로 몰아가는 시인의 삶의 의지가 강하게 나타나 있다. 그러나 그
이면은 굴절되어 다양한 면을 갖는다. '수각화 1-1'은 화전이라도 일구
며 살겠다는 시적 화자의 삶의 의지에 가려진 다른 면 중의 하나이다.

산속이 잠시 나로 꽉 차 있다
하나씩 나무로 되돌아가고
하나씩 나로 되돌아오고

나로나무로빙빙도는
물 한 모금 마시고

공중으로 허공중으로 걸어올라
합대나뭇골로 돌아온다,

- '수각화 1-1' 부분

두 물골이 만나는 지점에서 서성이는 시인은 아직도 이상과 의지
의 경계에 있다. 시인은 현실을 극복하려는 의지를 갖고 있으면서도
보송보송한 나무눈 들여다보고, 나무도 모르게 뿌리 내리며 산 속을
자신으로 가득 채운다. 그러나 그 무엇으로도 허기를 채울 수는 없다.

그래서 시인은 나무와 한 덩어리가 되어 빙빙 돌게 되고, 공중으로 허공중을 걸어 움막이 있는 합대나뭇골로 겨우 돌아오게 되는 것이다. 여기서 시인은 자연에 대한 애정을 표현하고 있는데, 화전을 하기 위해서는, 다시 말해 시인이 살아내기 위해서는 나무에 불을 질러야 하기 때문에 시인은 갈등을 갖는다. 그래서 시인이 이 시의 끝 행에서 굶주린 채 산을 헤매고 허공중을 걸어 집으로 돌아온다.

> 날벌레 뒹굴려 감고
> 땅거미들 줄 보수하러 나와 있는 저녁
> 구수골 능선길 인기척에
> 흔들리는 가슴 데이며 피는 푸른 불꽃까지
> 습기 찬 아궁이에 살려놓고
> 어둠에 몰리는 불길만 바라본다,
> …(중략)…
> 불내 탄내 산속을 뒤흔든다,
>
> — '수각화 1-2' 부분

'수각화 1-2'는 멀리 능선을 스치는 인기척에도 가슴 흔들리는 시적 화자의 인간에 대한 그리움을 보여준다. 〈수각화 1〉에서 의지로 물리치려는 인간에 대한 그리움이 아픔이 되고 있다. 인기척에도 가슴 데이는 "푸른 불꽃"은 생활을 위해 내는 불길인 화전의 불길과는 다른 불이다. 시인은 그 불꽃을 삶의 실체인 아궁이에 몰아 놓고 힘든 현실의 생활 불길로 바꿔보고자 하나 그 불길은 산속과 시인의 가슴속을 태워버릴 정도로 시인을 흔들어댄다. 〈수각화 1〉에 나타난 삶에의 의지의 이면은 이렇게 인간에 대한 그리움으로 가득 차 있다.

하늘이 줄어들 대로 줄어든 산 구석에
해바라기 씨나 뿌리고
흐르는 물에 기대어 살아나갈 수 있을까,
…(중략)…

불길과 나무 사이
모닥불 피워
혼자서 빙 둘러앉았다,

매운 연기가 눈 찔리고
눈물 불로 지지면서

– '수각화 1-3' 부분

산 구석에서 해바라기 씨나 뿌리며 세월 가기만을 기다리고 살기에는 시인은 너무 젊고 삶에 대한 열망이 강하다. 불길과 나무 사이를 왔다 갔다 하던 시인은 산길을 내달려 읍내 초입 인바위에 가서, 거기에 새겨진 마애불에 자신의 얼굴을 맞춰보고 내면을 다스리지 못한 자신의 모습에 놀래며 인가를 피해 담비떼에 붙어 돌아온다. 모닥불에 빙 둘러앉힌 시인의 형상은 다름 아닌 고독과 갈등과 갈망과 좌절이라는 시인의 분신일 것이다. 이 '수각화 1-3'에서 시인은 불로 눈물을 지지면서 고통을 인내로 바꿔놓고 있는데 꿈을 단순한 생존으로 대치해야만 견딜 수 있었던 시간이었기 때문일 것이다.

얼음 밑을 소리치며 흘러내린 물
가슴에 괴어 찰랑찰랑,
날이 어두워지면서 파도 소리를 낸다,

수평선에서 멀어진 파도 한 자락
낮은 처마에 걸려 남실거린다,

천장 열린 지붕 밑엔
떼지어 기어다니는 벌레를
졸졸졸 따라다니는 별,
뒤처지다 꿈벅거리다
벌레에 물려가고

오밤중
반짝 소리지르다 스러지는 빛

- '수각화 1-4' 부분

　'수각화 1-4'에서는 별과 벌레가 동격으로 처리되고 있다. 별과 벌레가 한자리에 있고 별이 벌레에 의해서 잡아먹히는 장면은 이상 없이 생존만 남아 있는 시인의 화전민 생활을 생생하게 드러낸다. 〈수각화 1〉은 1-1, 1-2 등 하나하나의 면이 맞물릴 때 온전한 한 인간의 삶의 초상이 드러나는 시이다. 다면 없이 〈수각화 1〉이라는 표제시만으로는 화전민으로서의 시인의 삶의 의지, 갈등, 인간에 대한 그리움, 꿈을 추구할 수 없는 삶의 고통 등 당시 시인의 내면의 모습을 있는 그대로 드러낼 수 없다. 〈수각화 1〉과 수각화 1-1, 1-2, 1-3, 1-4의 관계는 시인의 삶의 기복 혹은 정신의 굴절에서 자연스럽게 이루어진 것이며 화전민으로 살아내려는 구체적인 인간이 느끼는 갈등의 반영이다.
　같은 연작시라도 〈수각화 2〉와 〈수각화 3〉은 갈등이 없기 때문에 한 면만 존재한다. 〈수각화 2〉는 시인이 먼발치에서 떠나온 마을의 아이들을 바라보며 인간을 그리워하는 한 면으로만 이루어진 시다. 인간에 대한 그리움에는 갈등이 없기 때문에 이면이 없다. 〈수각화 3〉은 어쩔 수 없이 불을 질러 화전을 일구었지만 보금자리를 잃고 떠났던 새들에 대한 미안한 마음을 드러내고 있다. 또한 시인이 산으로 들어올 때, 같이 물길 거슬러 올랐던 수달을 기다리는 모습은 생명에 대한 연민과 애정을 갈등 없이 드러내기 때문에 한 면으로 가능하다. 그러나 갈등으로 굴절된 〈수각화 4〉는 두 개의 면으로 이루어지고 있다.

소나기, 소나기, 눅눅한 마음 다질 새 없이 밤새 골짝은 터져나간다,
흙더미 넘치는 장독대, 뒤집히는 지붕, 방바닥에 괸 물 쓸어내다 새우잠 들면 물구멍으로 들어와 똬리를 틀고 있는 뱀, 옆구리를 스치는 듯, 윗목에 흐르는 물살보다 빠르게 기둥을 타고 천장으로 올라가는 지네,
…(중략)…
뒤곁에서 기둥 받치고 안에서 내 몸 받쳐도 기우는, 사방으로 주저앉는 집 빠져나와 어디로 가든 살아야지, 독은 빼고 기는 살려 살아 있는 땅기운을 함께 불어넣어야지, 서두르자, 서두르자, 햇살 빗살 엉키기 전에
— 〈수각화 4〉 부분

지붕이 새는 집, 방바닥에 괸 물 쓸어내다 새우잠이 든 시적 화자, 그 곁을 스치는 뱀, 비를 피해 움막으로 기어든 지네 등이 암시하는 것처럼 삶의 극한 상황 속에서도 살아야겠다는 시인의 삶의 의지가 보이는가 하면 뱀이나 지네 같은 생명붙이들과 공존하여 살아가려는

시인의 생명에 대한 외경심도 엿보인다. 이를 유머러스하게 표현한 '수각화 4-1'은 초기시에 나타나지 않던 부분이다.

> 물가에 서 있어도 사람을 흔드는 갈대숲 갈아엎어 고랑치
> 고 잔돌 치운다, 꿩,꿩, 때때때때때, 새울음소리 귀청을 때린
> 다, 콩 한줌 멀리 뿌리고, 깊은 돌 깊이 흔든다,
>
> 자리 바꾼 발 밑
> 노란 흙덩이를
> 굴려가다 굴러가는 쇠똥구리,
> 애벌레를 끌고 가는 개미떼,
>
> 기우뚱,
> 머리 한 방아,
>
> 벌떼 같은 별들 사라지면
> 다음엔 흙만 보기로 한다, 별은 누워 밤에만 보고,
>
> $-$ '수각화 4-1' 부분

물가에 서 있어도 괜히 사람 흔드는 갈대숲을 갈아엎고 고랑 치고 잔돌 치울 정도로 산중 생활에 익숙해지면서 시인은 꿩한테 콩 한 줌 멀리 뿌려주고 놀 빼내어 발을 옮기려다 쇠똥구리가 지나가자 발을 내려놓지 못하고 방아를 찧기도 한다. 시인은 이제는 별은 밤에만 보자고 할 정도로 여유가 생긴다. 고통스러운 현실 속에서도 생명붙이에 대한 애정을 유머를 통해 표현하고 있다.

연작시의 마지막인 〈수각화 5〉는 시인이 불확실한 미래를 불확실한 대로 맞이하면서 산에 들어올 때처럼 정신없이 산을 내려가는 장면이 부각되어 있다. 각각의 의미가 단절된 채 연결되는 연작시와는 달리 마지막 장면은 갈등을 지니고 삶을 지탱해보려는 시인의 정신의 움직임을 완결시켜 보여준다.

시인의 화전민 생활을 통해 나온 굴절시가 대부분 생활의 기복과 갈등을 통해 이루어진 것이라면 『개마고원』에서 보이는 선험과 체험, 신념과 현실 등 갈등으로 이루어진 굴절시는 첫 시집 『무인도를 위하여』의 표면과 내면 또는 이상과 현실 등 다양한 상반된 이미지의 입체적 구축에 그 뿌리를 두고 있다. 신대철 시인의 시는 자연 체험에서 출발하지만 단순히 자연과 주고받은 체험을 형상화한 것이 아니라 자연 체험에 생활 체험을 끌어들여 자연을 상징적으로 처리하고 있다.

축소된 시인이 자기 삶을 확인하고 자기 정체성을 회복하려고 할 때, 그의 시는 평면적인 공간에서 입체적인 공간으로 나아간다. 그는 고통스러운 현실을 육화시켜 집을 짓듯이 시를 짓는다. 삶과 시를 일치시키기 위해 삶의 조건과 시의 조건을 사물의 구조에 맞물려 놓는 것이다. 어떤 내용을 다루더라도 신대철 시인은 체험을 통해 인간의 틀을 넘어서서 낡아가려는 의식과 정신에 새로운 긴장을 불어넣어 살아 있는 인간을 만나게 한다. 시를 쓴다는 것은 무엇을 쓴다는 것을 의미하기도 하지만 어떻게 쓸 것인가의 문제이기도 하고 시인 자신에 대한 삶의 태도를 묻는 것이기도 하다. 시는 매 순간 다시 사는 데서 출발하기 때문이다.

> 까욱, 깨어 있지 않는 한 누구나 타인의 자기 자신에 불과해!
> — 〈까욱, 까아욱〉에서

결론을 대신하여
- 시와 사물의 구조

구름이 멀리 밀려갔다가 바다처럼 잔잔히 너울거린다. 이 가을에도 붉은 단풍 앞에서 사람들은 핸드폰을 들고 순간적으로 자신의 이미지를 정리한다. 문자보다는 이미지가 강하고 더 흥미로운 시대이다. 이렇게 이미지가 강한 시대에 시는 완결된 이미지를 통해 더욱 시다운 생명력을 찾아야 할 것이다.

앞에서 자신만의 경험과 정신 구조로 높은 봉우리를 이룬 시인들의 작품을 가장 그들답게 읽어보려고 했다. 특히 한 편의 시 속에서 다루고 있는 사물과 시의 내용이 자연스럽게 이미지를 이룬 시적 완결성에 기대어 읽어보았다.

정현종 시인은 시에서 시인들이 다루는 사물이나 대상은 사물인 그것(대상)을 속일 수는 없기 때문에 가장 엄격한 그 시의 독자라 보고 이것을 '객관성의 극치'라고 명명했다. 잘된 시는 이 극단적 객관성과 진정한 의미의 창조적 주관성이 행복한 결혼을 하고 있으므로 시의 생명과 아름다움이 여기에 있다고 보았다. 사물의 속성을 의미하는 사물의 객관성은 눈에 보이는 것 이상으로 그것을 만나고자 하는 시인의 경험에 의해서 찾을 수 있을 것이다.

일반적으로 사람(주체)이 대상(객체)을 표현하기 위해 언어를 상징적으로 사용한다는 사실을 잘 알고 있다. 그러니까 언어는 존재할 뿐 아니라 어떤 대상을 언급하는 것이다. 특히 시인의 정서적 경험으로 빚어진 시의 언어는 일반 개념적 언어와는 다르게 긴장감을 갖는다. 그 긴장은 시의 구조나 언어 배열에 의한 창조적 충동으로 대상이 지닌 새로운 이미지를 만든다. 은유(metaphor)는 어원적으로 변화(meta)를 통한 움직임(phora)을 의미하지만 미숙한 시들은 말에 매여 있거나 사전적이고 개념적 언어 이상의 이미지를 담지 못하므로 시가 출발된 지점에서 마지막까지 아무런 변화도 이끌지 못하고 긴장감조차도 지니지 못한다. 이미지로 은유나 상징을 만들지 않아도 완결성을 지닌 시는 이미지에 의해 의미가 움직여나간다. 이러한 모습은 시대에 따라 형식은 바뀌어도 시(가)라는 장르에서는 창작의 기본적인 규칙과도 같다. 천여 년 전의 시가인 신라의 향가에서도 이를 발견할 수 있다.

> 생사(삶과 죽음)의 길은
> 여기에 있으매 머뭇거리고
> 나는 간다는 말도
> 못다 이르고 갔는가?
> 어느 가을 이른 바람에
> 여기저기에 떨어지는 잎처럼
> 같은 나뭇가지(부모)에 나고서도
> (네가) 가는 곳을 모르겠구나.
> 아아, 극락세계에서 만날 나는
> 도를 닦으며 기다리겠노라.
>
> — 〈제망매가〉

소리(말)와 문자(기록)의 일치를 추구한 이두문자로 기록된 향가는 이 땅에 살았던 사람들이 느끼는 정서가 다르지 않았다는 것을 보여준다. 형제의 이른 나이의 죽음을 어느 이른 가을바람에 여기저기 떨어지는 잎처럼 한 가지에 나고서도 그 가는 곳을 모른다는 비유처럼 자연스럽고 적절하게 표현할 수 있는 말이 또 있을까? 스님인 시적 화자는 '나는 간다'라는 말을 못다 하고 죽은 형제(누이)는 이미 미타 찰(극락세계)에 갔다고 보고 자기 자신은 도를 닦아야만 죽은 후에 미 타찰에 가서 그녀를 만날 수 있을 것이라고 하면서 죽은 누이의 영혼 과 누이를 잃은 자신을 위로하고 있다. 제목처럼 누이의 죽음을 추모 하는 시의 내용을 완전하게 담고 있는 이 시는 '같은 가지'(동기)라는 나무가 지닌 성격을 그대로 이용했기 때문에 설득력을 지닌다. 천 년 전에도 사물의 객관성과 시인의 주관성의 결합으로 이루어진 이미지 는 완결성을 보인다.

조선시대의 황진이의 시조에서도 이러한 면모가 드러난다. 사물의 속성을 그대로 이용했으므로 시의 이미지가 창조적 완결성을 지닌다 고 볼 수 있다.

동지(冬至)ㅅ둘 기나긴 밤을 한 허리를 버혀 내여,
춘풍(春風) 니불 아레 서리서리 너헛다가,
어론님 오신 날 밤이여든 구뷔구뷔 펴리라.

동지는 일 년 중 제일 밤이 길다. 시인은 동지가 되면 춥고 밤은 무척 길다는 것을 경험을 통해 잘 알고 있었을 것이다. 이 자연의 법 칙을 이용하여 그 긴 밤을 잘라서 봄바람이 부는 이불 아래 꼭꼭 잘 접어서(서리서리) 넣어다가 사랑하는 님이 오시는 날 밤에 그 이불과 함께 그 밤을 길게(굽이굽이) 펴놓겠다고 하면서 사랑하는 대상에 대 한 애틋함을 드러내고 있다. 사랑하는 사람과 보내는 짧은 밤을 길게 보내고 싶은 마음을 드러낸 시적 충동은 허리, 춘풍 이불, 어론님('어루다'는 남녀가 결혼을 한다는 의미이다) 등과 어우러지면서 동짓달이라는 자연의 속성은 화학적 변화를 일으켜 새로운 사랑의 시간이 되었다. 시인은 동지라는 시간을 경험했고 사랑하는 사람과의 춘풍 이불에서의 아쉬운 시간도 경험했다. 즉 시인은 긴 기다림과 짧은 사랑의 아쉬움으로 시를 창작했을 것이다. 시조는 제목을 따로 붙이지 않으므로 대개 첫 구절을 제목으로 하는데 위의 시조에 현대시처럼 제목을 붙인다면 황진이는 무엇이라 했을까? '봄밤'이나 '사랑'은 어떨까? 어떤 표현도 이 시의 제목으로 적절하지는 않을 것 같다. 조선시대의 시조라는 형식은 제목이 없는 것이 더 완성도가 높은 것 같다.

사물이 지닌 내적 성질을 의지하는 것보다 언어에만 매여 쓰는 시들은 사물 그 자체와도 어긋난 이미지를 써서 의미를 맺지 못하고 있다. 더욱이 대상의 성질보다 밖으로 드러난 언어에 매이다보면 시인은 이미 자신이 쓴 이미지의 모순적인 이미지를 뒤에서 쓰기도 한다. 한시 안에서 시적 대상이 지닌 자연스러운 '객관성의 극치'에 이르지 못하고 주관적인 시선에만 머문 시를 보고자 한다. 다음은 고등학교 때에 교과서에서 봤던 김동명의 〈파초〉이다.

조국을 언제 떠났노,
파초의 꿈은 가련하다.

남국(南國)을 향한 불타는 향수(鄕愁),
너의 넋은 수녀(修女)보다 더욱 외롭구나!

소낙비를 그리는 너는 정열(情熱)의 여인,
나는 샘물을 길어 네 발등에 붓는다.

이제 밤이 차다.
나는 또 너를 내 머리맡에 있게 하마.

나는 즐겨 너를 위해 종이 되리니,
너의 그 드리운 치맛자락으로 우리의 겨울을 가리우자.
                                            - 〈파초(芭蕉)〉

　조국을 떠나서 파초의 꿈이 가련하다는 1연의 시적 화자의 연민의 감정이 5연까지 지속된다. 시인은 파초라는 대상과 만나서 경험하고 그 대상을 시로 형상화했다기보다는 이 대상이 열대식물이라는 관념에서 시를 출발한 듯하다. 왜냐하면 2연에서 열대식물이라는 '파초'에 대한 일반적 개념은 '불타는 향수'라는 이미지를 불러왔는데 "너의 넓은 수녀(修女)보다 더욱 외롭구나!"로 이미지가 다르게 전개되었기 때문이다. '수녀'라는 대상이 지니는 신을 향해 끝없이 갈구하는 신앙의 자세를 시인이 염두에 두었다면 "불타는"이라는 이미지와 연결하지는 않았을 것이다. 시인은 수녀라는 대상보다 조국을 떠나왔기 때문에 '외롭다'라는 정서에만 의미를 두었다. 그렇기 때문에 3연에서는 그 '수녀'가 "정열의 여인"으로 이미지가 다시 다르게 그려진다. 이렇게 파초의 이미지가 하나로 모이지 않는 가운데 시인은 그 파초를 위해 "즐겨 종이 되리"라고 하지만 정작 파초인 수녀의 치맛자락인지, 정열의 여인의 치맛자락인지로 "겨울을 가리우자"라고 하여 시인이 거꾸로 파초에 의지하고 있다. 즉 같은 연의 "나는 즐겨 너를 위해 종이 되리니"는 의미적으로 완결되지 않고 파초의 외적 형상인 넓은 잎에만 초점을 두어 그 사물에 내재하는 진실을 찾지 못했다. 만약 이 시인이 파초라는 대상을 정서적으로 경험하여 그 대상을 시적으로 형상화했다면 파초는 개념 이상의 의미를 지녀 새로운 이미지로 형상화 되었을 것이다. 이렇게 시인이 대상을 경험하지 않고 표현을 위한 말로만 쓰게 되면 시는 관념적 의미에 갇혀 신선한 감동과 생명감을 줄 수 없게 된다. 말이 자신의 진실 속에서 표명되려면 내재화된 충동을 불러일으켜야 한다.

E. H. 카는 역사는 과거와의 대화라고 말했다. 시인이 과거의 사실을 시로 쓸 때는 그것이 현재에도 어떠한 의미가 있기 때문일 것이다. 1954년 제2회 아시아 자유문학상을 받은 다음 시를 보면서 과연 시인이 역사에 대해 어떤 생각을 했는지 묻고 싶다.

아득히 감람(紺藍) 물결 위에 뜬
한 포기 수련화(睡蓮花).

아름다운 꽃잎 속속들이
동방 역사의 새 아침이 깃들여……

그대의 발길에 휘감기는 것은 물결이냐, 또한 그리움이냐,
꿈은 정사(征邪)의 기폭(旗幅)에 쌓여 진주인 양 빛난다.

아득한 수평선으로 달리는 눈동자
거만한 여왕같이 담은 입술에도

그대의 머리카락, 가락 가락에도
태풍(颱風)은 머물러……

때로 지그시 눈을 감으나,
그것은 설레는 가슴의 드높은 가락이어니

알뜰히도 못잊는 꿈이기에 그대는
더 화려한 구슬로 목걸이를 만들고 싶었구나

그러나 '때'는 그대의 사치스런 환상 위에
언제까지나 미소만을 던지지는 않았다.

드디어 운명의 날은,
1941년도 다 저물어 12월 8일.

아하, 이 어찐 폭음이뇨, 요란한 폭음 소리!
듣느냐, 저 장쾌한 세기의 '멜로디'를!
저 푸른 물결 위엔 어느새 찬란한 불길이 오른다.
비빈 눈으로 바라보기에도 얼마나 황홀한 광경이냐!

그러나 '노크'도 없이 달려든 무례한 방문이기에
연달아 용솟음치는 불기둥에 엉키는 분노는……

흑연(黑煙)을 뚫고 치솟는 분노 속에 세기의 광명이 번득거려
아아, 장엄한 역사의 전야(前夜)! 태풍은 드디어 터지도다!
                                          － 〈진주만〉

위의 시의 13연 중 절반이 넘는 8연이 의인화된 수련화(연꽃)의

이미지로 전개되어 있다. 시적 화자는 9연에는 그 아름다움을 사치스러운 환상이라고 하고 '때'는 미소만을 던지지 않았다고 하여 수련화(진주만)의 파괴가 '때'에 의한 것이라고 하면서 그 폭격을 "장쾌한 세기의 멜로디"라고 말한다. 또한 솟아오르는 불길을 "황홀한 광경"이라고 하면서 "흑연(黑煙)을 뚫고 치솟는 분노 속에 세기의 광명이 번득거려"라고 했는데 이 '황홀'과 '분노'는 다른 차원의 감정이고 이를 느끼는 입장도 다르다. 따라서 다른 두 목소리는 누구의 것인지 알 수 없다. 만약 1연부터 8연까지의 주체인 의인화된 진주만이 공격을 당해 느끼는 분노라면 폭발물이 터지는 소리가 "장쾌한 세기의 멜로디"나 "황홀한 광경"이라는 표현은 불가능할 것이다. 일본이 진주만을 기습 공격하여 많은 사람이 죽은 이 광경을 시인은 누구의 시선으로 바라보고 있는지 알 수 없다. 일본 패망의 서곡을 의미한다 하더라도 진주만 공격은 시인이라면 찬성할 수 없는 사안이다. 또한 흑연을 뚫고 "치솟는 분노"는 누구의 것인가? 진주만인가? 일본의 식민통치를 당하던 나라들인가? 시인은 어떤 입장에서 본 것일까?

그동안 이 시를 객관적으로 역사를 보는 시선에서 기술했다고 보아왔는데 객관적이었다면 폭격에 "장쾌한"이나 "황홀한"이라는 수식어를 쓰지 말아야 했을 것이다. "치솟는 분노" 또한 감정적인 단어이므로 객관적이지 않다. 일본의 진주만 공격이 세계의 역사를 바꾸어 놓았기 때문에 이런 표현이 가능했다고 백번 양보할지라도 일본의 강점하에서 살아왔던 한국의 시인이 이 사건을 과연 객관적으로 쓸 수 있었을까? 해방이 되고 미군정의 혼란기를 지나 남북이 나뉘고 동족상잔의 비극을 거친 1954년에 한국 시인의 객관적인 시선은 무엇을 의미하는 걸까? 객관적 시선은 기술 방식을 말하는 것이지 시인의 의식을 의미하는 정신적 가치를 드러내는 것은 아니다. 시인은 1954년에 왜 이 시를 썼을까? 일본이 미국을 공격한 1941년의 사건을 13년이나 지난 시간에 시로써 다시 환기시킨 이유는 무엇이었을까? 일본의 진주만 폭격이 그들의 패망의 시작이었다는 사실을 말하려는 것인가? 아무리 봐도 이 역사적 사건을 통한 시인의 시적 의도는 드러나지 않는다. '진주만'과 '폭격'이라는 말 이상의 의미는 보이지 않는다.

　　김동명 시인의 역사를 소재로 한 시에 대한 의문의 원인은 앞에 언급한 당시 시대상황을 다루었다는 초기시 〈파초〉부터 시작된다. 시인이 사물의 경험을 통해 그 자체에 객관적으로 접근했다면 사물의 속성을 자연스럽게 가져와서 자신의 주관적 상상력과 결합할 수 있었을 것이다. 그러나 사물(대상)이나 그것에 대한 경험보다 시인 자신의 주관적 기분에 의존한 시상의 전개는 이미지를 완결시키지 못하고 말의 표현에 치중했다. 이러한 시적 접근은 역사적 사실을 다루는 시에서도 객관적인 시적 형상화를 이루지 못하게 했다.

　　시적 대상보다 말에만 의존하여 시를 쓰는 시단에서 사물을 경험하고 사물이나 대상을 통해 진실을 표현할 이미지를 찾기 위해 고심하는 시를 만난다면 밝은 시의 미래를 보는 것 같아 더없이 기쁠 것이다. 지금처럼 스마트한 세계에서 사물은 우리 가까이에서 더욱 사실적으로 빛을 드러내기 때문에 독자들은 시인들이 다루고 있는 대상이나 세계에 대해서 시인보다 더 많이 생각하고 더 많이 알게 될 것이다. 사물이 스스로 알고 있는 세계를 독자들도 감지하고 있다는 것이다. 이러한 시대에 사물과 객관성의 극치를 놓치고 주관성만 가지고, 아니 다시 말해 사물과 무관한 주관성만 가지고 시를 쓴다면 과연 시의 생명을 어디에서 찾을 수 있을지 생각해봐야 할 것이다. 시를 읽을 때도 사물의 자연스러운 본질과 시의 자연스러운 전개를 놓치지 않을 때 시의 고유한 떨림에 다가갈 수 있을 것이다.